suhrkamp taschenbuch 471

Jörg Steiner, geboren 1930 in Biel/Schweiz, besuchte das Lehrerseminar in Bern und arbeitete anschließend als Volksschullehrer. 1971/72 war er Mitarbeiter und Stipendiat der Basler Theater. Er lebt und arbeitet heute in Biel. Seine Bücher – Gedichte, Romane, Erzählungen, Kinderbücher – wurden mehrfach ausgezeichnet.

Der 1962 entstandene Roman *Strafarbeit* ist der Bericht eines Gefangenen, der sich seine Flucht erträumt, der widerspenstig und sehnsüchtig die Träume durchexerziert, unerbittlich seine Unfreiheit kontert. Das ist ein Thema, das nicht abzuschütteln ist, solange es unumgänglich ist, Träume zu reflektieren. Steiner verbaut seinem Gefangenen alle Illusionen, läßt ihn fortwährend Anfälligkeit und Durchlässigkeit seiner Träume erfahren. Am Ende sind Relativität und Relevanz, Realität und Irrealität der Träume von der Freiheit gleichermaßen denkbar.

Jörg Steiner
Strafarbeit

Roman

Suhrkamp

Umschlagfoto: Isolde Ohlbaum

suhrkamp taschenbuch 471
Erste Auflage 1978

Lizenzausgabe mit freundlicher Genehmigung des
Hermann Luchterhand Verlages, Darmstadt und Neuwied
Suhrkamp Taschenbuch Verlag

Druck: Nomos Verlagsgesellschaft, Baden-Baden
Printed in Germany
Umschlag nach Entwürfen von
Willy Fleckhaus und Rolf Staudt

2 3 4 5 6 7 – 92 91 90 89 88 87

Für den Bildhauer Hans Aeschbacher
in Freundschaft

[illegible] Untersuchung über [illegible] oder

[illegible]

I

[illegible]

[illegible] ist die Zahl [illegible] und der [illegible] Nähe der Flügel [illegible] Bewegung, [illegible] Schwarz [illegible] Kanten, [illegible] und [illegible] an [illegible]

[illegible] der Boden farbig, wie von [illegible] und die Farbe glänzt, als ob [illegible]

[illegible] verbindenden [illegible], wenn ich den Kopf drehe, sehe ich [illegible] mit der Spitze des andern. So könnte ich mir [illegible] Wege laufen [illegible]. Es stimmt, das Gehen wäre leicht, und doch ist [illegible] wie die [illegible] zurückgebracht werden [illegible] die Schuhe in der Hand.

Kälte steigt aus dem Stein. Ihr lehnt die mächtige Standuhr nachts eine Stimme und raschelnde Gewächse.

I

Wir stehen in der großen Halle. Wir halten die Hände vorschriftsmäßig am Rücken verschränkt und schauen zu Boden. Es ist ein kalter Fliesenboden, der immer sauber zu sein scheint, matt poliert, geschaffen, den Lärm unserer Holzpantinen unerträglich zu machen.

In einer Girlande im Mittelstück ist die Jahreszahl 1857 eingesetzt, und der Hallenwischer hat Mühe, die Fugen auszukehren. Auch ist dieser Boden nicht flach; sein Schwarz verstrickt sich zu Knoten, kommt beweglich auf mich zu, Weiß nebenher, hell und schattig, verebbt an meinen Füßen und wölbt sich im Schachbrettmuster über die Schwellen der Einzelzellen. Nur an der Treppe sind die Fliesen ausgetreten.

Vor dem Verwalterstuhl ist der Boden narbig, wie von einer Säure zerfressen, und die Farbe gleitet ab in ein schiefriges Grau.

Ich halte mich auf zwei Feldern, über der verbindenden Fuge, und wenn ich den Kopf drehe, stehen die Vierecke eins auf der Spitze des andern. So könnte ich mit einwärts gedrehten Füßen auf Weiß laufen und umgekehrt auf Schwarz. Es scheint, das Gehen wäre leicht, und doch ist es, etwa bei einem Fluchtversuch, wie die Jungen erzählen, die wieder zurückgebracht werden, schwer, selbst wenn man, wie sie, lautlos dahingleitet, die Schuhe in der Hand

Kälte steigt aus dem Stein. Ihr leiht die mächtige Standuhr nachts eine Stimme und rasselnde Gewichte.

Einer, der sich bis nach Mitternacht wachgehalten hat, der jetzt den Schlafsaal verläßt und sich auf bloßen Füßen die Treppe hinunterstiehlt, steht ihr auf der untersten Stufe gegenüber. Die hallende Leere schlägt über ihm zusammen, und er sollte sich doch beeilen, denn es ist möglich, daß im nächsten Augenblick einer der Schläfer erwacht; aber während oben eine Fünfundzwanzig-Watt Birne brennt, ist es hier unten dunkel, von einem blassen Schein am Korridorfenster abgesehen, und da kommt es schwarz auf weiß auf ihn zugekrochen, fliesig, kalt, er faßt nach dem Schlüssel an seinem Hals, wagt den letzten Schritt, öffnet behutsam die Tür zum Aufenthaltsraum, schleicht sich zu seinem Schrank, den er blindlings ertastet, reißt ihn auf, nimmt mit, was er gerade findet, steht wieder in der Halle, schon verzagt, spürt an der Stirn den eisigen Luftzug, tut doch ein paar Schritte, Schritte, die seinen Mut verzehren, die seine Kraft fressen, und flieht auf einmal, leise aufschreiend, hinauf in den Schlafsaal, zurück in sein Bett.

Keiner ist erwacht, viele schnarchen, einer spricht im Traum. Es ist warm, die eingeatmete Luft bleibt in den Lungen hocken; es riecht nach Urin von den Bettnässern.

Aber selbst wenn der Flüchtling den Fliesenboden überwunden hätte, man würde ihn, wo er um Essen bettelte, nach Arbeit fragte oder sich auch nur müßig herumtrieb, als Kerl aus der Strafanstalt erkannt haben. Er wäre den Fallen nicht entgangen. Was half ihm dann die Erinnerung an einige freie Waldnachmittage, an Autofahrten im Jura, an die Sommernächte in einer Stadt? Er wurde doch zurückgebracht; ein Gendarm begleitete ihn auf dem Fahrrad, während er zu Fuß ging und sich seine

Hose hielt, weil man ihm die Hosenträger weggenommen hatte.

In den Dörfern liefen ihm Kinder nach, Frauen drehten sich um, kopfschüttelnd, lachend, und der Spott galt auch dem schwitzenden Bewacher in der dunkelblauen Uniform. Der trieb seinen Gefangenen fluchend voran, sah wohl, daß er zu hinken begann, blieb unnachgiebig, wollte nichts hören von Blasen an den Füßen, von Blut in den Schuhen. Es gehe ihn, sagte er, nichts an, wenn er bloß abends früh genug nach Hause käme. An der Kantonsgrenze wartete die Ablösung, grün verkleidet, das schwarzlackierte Fahrrad an eine Mauer gelehnt. Die beiden Schugger begrüßten sich, tauschten Schriftstücke aus, reichten dem Ausreißer das ihm zum Anlaß dieser Übergabe bewilligte Stück Brot.

Ich beuge mich über die Fliesen, und ich begreife, dieser Boden verrät uns. Man hat den weißen Marmor nicht zu Tode poliert; man hat ihn geschliffen, so daß die Adern schwach hervortreten. Das Licht dringt aber noch in ihn ein, dringt unter die Oberfläche und kehrt gebrochen zurück; es blendet kein Auge mehr.

Im Stein hängen großgegitterte Stoffbahnen, Vorhänge in aufgerissenen Fenstern. Juli ist ausgebrochen. In einem klebrigen Himmel spiegeln sich verschleierte Wolken, hausartige, schartige Kuben.

Geschmolzenes Blei bildet den Saum des Quaders. Hier beginnt der Anstieg in die Tiefe, tückisch mit unvermuteten Moorlöchern, Fußangeln und Gruben. Wasser sammelt sich auf der Zunge, ein Rauchschleier schafft den Horizont.

Wenn ich mich bewege, verändert sich das Bild. Dann birst der Himmel, dann zerschellt er, die Linie bricht, zerfällt sprühend, wirbelt bis zum Rand, staut sich in den Trümmern der zementenen Fuge.

Ein Kerl, der den Stein lesen kann, weiß, daß sein Fluchtversuch mißlingen muß; aber ich hatte die Warnungen des Steins nicht beachtet, hatte mich lediglich durch die Mägde stören lassen, die in die Gärtnerwohnung die Wäsche trugen und den Schweinehirten Lehmann beobachteten, als er sich einen Rat vom Verwalter holte.

Wie sollen sie den Stein lesen lernen, die Jungen hinter mir: Tick-Tack, Stromer, Speck, Pokus, Brienzer, Krischtamadonna, Linser und Schnorrer?

Negus hustet; ich möchte, daß er sich seine Anfälle lindern ließe.

Im Sessel vor mir sitzt der Verwalter, und nur das Geräusch der Gerte an seinem Stiefel wäre zu hören. So würden sie den Stein, auf dem sie stehen, erfahren, den Stein, der unter großem Druck in frühen Erdkatastrophen entstanden ist, abgebaut, in Italien von Arbeitern gebrochen, zersägt, mit Karborundum behandelt, in Lastwagen fortgeführt, in Baugeschäften gelagert, an Bankfassaden eingesetzt.

Auch Grabsteinmacher lassen sich die Blöcke kommen, legen sie im kalkstaubigen Hinterhof auf Holzrollen, decken sie gegen den Regen mit Wellblech ab. Ein gesprungenes Taufbecken liegt auf dem Abfallhaufen, überwuchert von Löwenzahn und Brennesseln. Am Gitter baut sich ein Bildhauer auf, malerisch, seine Hände betrachten diesen und jenen Klotz.

Der kleine Grabsteinmacher im fleckigen Überkleid blickt argwöhnisch herüber, während sein Lehrling unentwegt einer Rose Rippen ins Blattwerk feilt.

Bald wird das Bildwerk wachsen, Hände werden sichtbar werden, der kleine Finger wird hervortreten, der Zeigefinger, der Mittelfinger, der Ringfinger, der Daumen. Der Stein ist nicht mehr unverletzlich, er hat einen Atem, er leidet unterm Hammer, er öffnet sich dem Meißel und wirft einen Schatten. Man wird ihn nächtlicherweise durch die Stadt schleifen, wird ihn an ein Bassin im Park bringen, auf den Platz vor der Kirche, die Tauben werden ihn in Besitz nehmen. Hier verwittert er unmerklich, die Konturen verändern sich unterm ätzenden Vogeldreck, was ernst war, wird heiter, Wasserspuren löschen den Blick in den Augen, am verpißten Sockel schleift ein betrunkener Soldat sein Messer.

Der Bildhauer hat den Stein mißverstanden.

Er hätte Blöcke aufstellen sollen, durch eine Fuge, in die man eindringen kann, getrennt: Stein, Ort für den Flüchtling.

SCHALTENBRAND hatte mich in den ersten Junitagen zum Vormann der Heuer gemacht. Ich blieb, wenn nachmittags Gewitter kamen, draußen, bis das letzte Fuder geladen war und beobachtete die Raubvögel. Schreiend glitten sie am Himmel dahin, stürzten sich in den See und entschwanden, von geheimnisvoller Kraft getragen, meinen Blicken.

Minuten später erreichte uns ein Windstoß, übertrug sich als Bewegung in die Weite, ging als fauchende Welle durchs noch ungemähte, hohe Gras am Rain, durchs gelbe Gersten- und durchs grüne Kornfeld. Über den spinnbeinigen Wegen flatterten helle Staubfahnen aus denen sich Spatzen befreiten. Die Heukerne zerfielen in der Runde. Wo sich vorhin im schräg einfallenden Licht die Wälder hoch gewölbt hatten, verflachte das Land jetzt rasch; nur unser Hügel lag, aufgetrieben, den Blitzen preisgegeben.

Wenn wir an solchen Nachmittagen heimkehrten, die Wagen hoch beladen, geschah es oft, daß die Traktoren im schmelzenden Lehmgrund steckenblieben. Dann mußten Pferde vorgespannt werden, und wir kamen nicht vor sechs Uhr in die Familienunterkünfte zurück.

So war es auch, als ich beschloß, zu fliehen.

Hagel war gefallen, die zerschlagenen Bäume dampften, und ein unbeschreiblicher Geruch erfüllte die Luft. Wie ein Traum begann das, was ich mir monatelang während Tagen und Nächten zur Wirklichkeit geträumt hatte: ich ließ mich vom Wagen gleiten, steckte das aufgeweichte Brot, den nassen Käse aus dem vergessenen Henkelkorb ein und lief weg. Einmal schaute ich zurück. Vor die Heuwiese hatten sich zwei Höfe geschoben; die Heuer hatten ihre Schlupfwinkel verlassen. Ich hörte sie nach den Pferden rufen, und ich wußte, daß sie mich nicht vermißten. Jemand, den ich nicht sehen konnte, hob ihnen die Lasten von den Gabeln, und die Bündel schienen sich von selbst auf dem Wagen zu verteilen.

Rasch drückte ich mich am letzten, frisch angesetzten Miststock vorüber; da empfing mich ein leises, kehliges Knurren. Ich blickte nur langsam auf und sah den Köter, häßlich, gelb, sprungbereit, mit weit vorgestrecktem Hals auf mich herablinsen.

Ich hasse Hunde, diese Allesfresser, Verräter, Heuchler, Plumpfüße, Lügenzuträger, Baumpisser, Meutentiere, Hasenhetzer, Spurensucher, Schwanzwedler. Sie hassen mich.

Der da bellte nicht. Er hielt den Schwanz steif vom Körper weggestreckt, ließ mich nicht aus den Augen, beachtete das gackernde Huhn nicht und auch nicht den absteigenden Gockel. Aber ich war nicht wehrlos, wie er glaubte; am Weg lagen rote Kiesel. Ich war entschlossen, ihn, wenn er angriff, zu steinigen, ihn im Steinhagel zu erschlagen, ihn in Stein einzumauern.

Er kam!

Über meiner Hand war seine Zunge schon, meine Finger wurden naß und warm und ließen den Kiesel fahren. Gebückt kniete ich vor ihm, und er leckte mir die Hände. Weil niemand mich sah, bestieg ich ihn wie einen Gaul. In schaukelndem Trab trug er mich in den Wald hinein. Häher kreischten in den Bäumen. Als ich abstieg, flogen sie auf.

Wir legten uns in Deckung hin. Schon schwitzend vom Bier, das sie während des Gewitters getrunken, erschienen zwischen den Schwarzdornbüschen zwei blaugekleidete Schreiner mit einer spiegelnden Glasscheibe. Der Hund blieb ruhig neben mir liegen. Wir verzehrten Brot und Käse, dann schlief ich ein.

Die Sonne war untergegangen, als ich erwachte. Der Hund lag, dicht an mich geschmiegt, halb auf meinem linken Arm. Mit einem Grashalm kitzelte ich ihn an der Nase. Er schüttelte sich, sprang auf, umkreiste mich in langen Sprüngen, kehrte aber, sobald ich mich erhoben hatte, zurück. Ich ritt, erst am Waldrand entlang, später auf grasbewachsenen Feldwegen und endlich auf der asphaltierten Hauptstraße, der Stadt zu. – Freilich gab es Aufläufe.

Männer traten vors Wirtshaus, Frauen ließen ihre Jäthacke fahren und kamen an den Gartenzaun, ein ungläubiges Staunen im Gesicht.

Autos fuhren langsamer, die Fahrzeugführer ließen ihre Motoren aufbrüllen, schalteten den zweiten Gang ein, gaben Lichtzeichen oder hupten wild.

Uns entgegen stiegen auf Fahrrädern Arbeiterschwärme, Kinder rannten uns nach und versuchten, den Hund am Schwanz zu packen. Ich hielt mich im Fell hinter seinen Ohren fest und gab mir Mühe, die Beine nicht am Boden nachzuschleifen.

Durch die rostige Kurve schob sich ein kreischendes Schmalspurbähnchen und nahm mir für einen Augenblick die Aussicht auf den nahen, zuckergußfarbenen See. [Hechte soll es da geben, sagte B. und zweihundertjährige Welse.] Der Hund überquerte die Geleise, trug mich die Böschung hinunter, patschte durch schlammiges Schilf und gewann schwimmend das offene Wasser.

Im Brandmoos hatten wir oft gebadet; ich hatte vor einigen Jahren am Bau des Weihers mitgeholfen. Es waren zwei Becken erstellt worden; ein tiefes für die Schwimmer, ein flaches für die Nichtschwimmer. Im ersten Sommer schon durchzogen breite Risse den Betonboden, und in die Ablaufröhren wuchsen Weidenwurzeln ein. So war das Wasser nie sauber; dennoch gab es Aufseher, die gerne mit uns baden gingen. Wir begannen mit ihnen die Arbeit um zwei Uhr, blieben während der Apfelpause um vier draußen und kehrten um fünf zurück.

Schnorrer trug den Sack mit dem Mutterkorn, Ludwig die Büchsen, an einer Schnur aufgereiht, Schmeling die vergilbten, durchlöcherten Strohhüte. Unter der Tanne in Weihernähe legten wir den Sack in den tiefsten Schatten, die Büchsen an die Wurzeln, die Hüte an den Stamm.

Während wir unsere Kleider auszogen, hielten wir Ausschau nach den Kameraden, die ringsum auf den Feldern, in die Furchen gekniet, zwischen Bohnenstangen und am Miststock arbeiteten. Manchmal blendete uns ein Gegenstand, mit dem die Kinder auf der Landstraße spielten. –

Aber in den Brandmoos-Sommern hatte ich nicht schwimmen gelernt; ich erschrak, als mich der Hund ins Wasser trug, bedeckte seine Augen mit den Händen, um ihn zur Umkehr zu zwingen, ließ ihn dann gewähren, aus Furcht, abgeworfen zu werden.

Geschickt wich er den ankernden Booten aus, bevor die Fischer uns sichteten. Ein Schwan, der zischend aus dem Schilf gefahren war, kehrte zum Nest zurück.

Wir durchstießen Hechtenkraut; das Wasser war vielleicht nicht tief, Pfahlbauer hatten einmal hier gewohnt, hatten Farnkrautlasten im Einbaum ins Lager geführt.

Weiter rückte das Ufer ab. Der Hund arbeitete unermüdlich, lag schwer im Wasser, schnappte von Zeit zu Zeit keuchend nach Luft. Manchmal änderte er plötzlich die Richtung, als folge er einem genau festgelegten Plan, manchmal gar kehrte er im Bogen auf unsere Spur zurück und berichtigte sie.

Er schien einem Kurs zu folgen, der ihm im Blut lag, Erinnerung schien ihn zu leiten, er war der Geist eines Dampfers, der ›Berna‹, war auf ihr gefahren, eingeschlossen im Kohlenkeller, Glücksbringer der Matrosen, Liebling der Buffetdame am verchromten Kaffeetisch, närrisch im Frühling, wenn der Kapitän die ersten Roßkastanien-Kerzen mitbrachte, winselnd unter den Flüchen, den Fußtritten, dem heißen Öl im Sommer. Schwalben strichen über uns hinweg; die Fische sprangen nach den Mücken.

Auf einmal hatte ich in meinen Beinen das Gefühl der Freiheit. – Jetzt wurde im Brandmoos gegessen, die Jungen sammelten sich im Korridor, Gruber prüfte ihre Hände auf Sauberkeit. In der Reihe gab es Lücken: Götz und Schunter waren noch im Roßstall, Müllerklein fütterte die Schweine, aus dem Keller kamen, laut lärmend, Himp und Roth. Und noch ein Platz war frei, mein Platz! Vulkan fehlte. Ihm war die Flucht geglückt. »Wir werden ihn in den nächsten Tagen beibringen«, brüllte der Verwalter. »Verlaßt euch drauf, Burschen. Bis dahin wird von ihm nicht gesprochen.«

Aber Vulkan war auf hoher See, ein Wellenreiter, ihr Landratten. – Ich sprach laut, ich sprach für sie, die sich jetzt das Tischgebet anhören mußten, stehend, vor dem mit dampfenden Kartoffeln gefüllten Teller, vor der noch leeren Ohrentasse, ich sprach für sie, für die Bettnässer, die vom Verwalter in die Fensterecke gestellt wurden, Gesicht zur Wand gerichtet, Hände auf dem Rücken. Ihnen galt es, die in der Küche die Knechte bedienten, ihnen die sich hastig vollstopften, die nahmen, was erreichbar war, die, noch kauend, nach dem letzten Stück Brot schielend, das Dankgebet mitsprachen und auf Befehl schweigend wegtraten, an der jungen Lehrerin vorüber, nickend, stumm. Ich war nicht hungrig.

Der See verlor sein letztes Licht an die Dämmerung. Vor uns streute ein Leuchtturm rote Bänder über den Damm und ins Wasser. Der Hund hielt auf ihn zu; seine Kraft ließ nach. In der Nähe ragte ein geborstener Betonpfeiler aus dem Wasser, und da berührten meine Füße die ersten glatten Steine. Vorsichtig zog ich mich an der eingemauerten, rostigen Leiter in die Höhe. Als ich in Sicherheit war, faßte ich den Hund am Halsband, um ihn heraufzuziehen. Er befreite sich tauchend. Das Wasser plätscherte kaum, als er davonschwamm; ich sah ihn noch, den rasch sich auflösenden Schatten im leichten Dunst, der sich zwischen Luft und Wasser gebildet hatte.

Frierend lief ich weg, an vertäuten, planengedeckten Sonntagsschiffen vorbei, an Dampfern mit leerem Deck und spiegelnder Glocke vorüber. Wie träge sich schaukelnde, fette Raupen lagen die Boote vor Anker; nur, daß eine Kette klirrte. Im selben Rhythmus bewegten sich die schlafenden Schwäne in einem Haufen Unrat. Ein verlassenes Fahrrad stand am Geländer. Kaum hatten sich meine Augen ans Dunkel gewöhnt, entdeckte ich überall zwischen den Bäumen wartende Männer.

Weiter vorn zog sich eine Kette roter und grüner Glühlampen an freihängenden Kabeln der Ufermauer entlang. Ich huschte durch den Lichtkreis, verließ den Damm, im Gras gehend, nützte, nachdem ich die Kanalbrücke passiert hatte, die Schlagschatten der Pappeln aus, die hier die Allee bildeten. Unterm letzten Baum blieb ich stehen. Der Abend war lau, es wehte kein Wind, meine Kleider trockneten.

Die Pappel, an die ich mich lehnte, hatte eine rauhe Rinde. Unleserliche Namen und Zeichen waren in sie eingeschnitten worden, einige waren verwachsen, von einem aufgewölbten Holzkragen umgeben, andere aber frisch oder doch kaum vernarbt. Der Wunsch, einen Baum zu besitzen, quälte mich plötzlich.

»GELD, JUNGE«, sagte der Fremde auf dem Quai, nachdem er mich vor dem Ziergarten am Stumpengeleise eingeholt hatte, »ohne Geld kommst du nicht nach Zürich, und dahin willst du doch, wie? Zeig mir deine Fahrkarte.«

Schon lag seine Hand auf meiner Schulter; ich schüttelte sie ab.

»Verkauf deine Haare«, brüllte er mir nach.

Hunger hatte mich in den Bahnhof getrieben, und jetzt ließ ich mich zum Ausgang zurückschieben. Der kochende Lärm zog mich an, ich war gefangen in der ziellosen Eile der Kofferschlepper. Seitwärts abgetrieben, blieb ich endlich an einer überlebensgroßen Courvoisier-Stahlreklame hängen.

Weshalb hatte mich der Kerl vorhin angesprochen? Konnte er mich erkannt haben?

Auch der Schaffner, der die Fahrpläne drüben in ihren Rollschienen auf- und abgleiten ließ, beobachtete mich. Ob Zeitungen ein Bild schon gebracht hatten?

Uniform war nirgends zu entdecken. In Toilettennähe trippelte bloß die Maus der Freundinnen junger Mädchen hin und her, Binde am Arm, und zwischen den dorischen Säulen des Haupteingangs hockten auf Schemeln hemdärmelige Zeitungsverkäufer mit grellen, nickenden Zetteln an den Schirmmützen. Eine Frau war unter ihnen. »Dietatdietatdietatdietat«, flüsterte sie vor sich hin und starrte in den Henkelkorb zwischen den Beinen. An der Mauer über ihrem Kopf waren die Automaten.

Ich mußte weg vom Bahnhof, ungesegnet, ohne Schokolade, ohne Zigaretten. Jeder weiß, daß sie Kämpf bloß erwischten, weil er zu lange an den Automaten herumfummelte. Freilich: das war in Langenthal; aber auch hier war langes Stehenbleiben gefährlich.

In der Parkzone standen abgestellte Wagen, und jenseits der farbigen Schienenstraße, in den Terrassen der offenen Cafés, begann die Küstensicherheit der Seßhaften.

Ich tastete nach dem Lappen in meiner Tasche, fühlte den harten Knoten, mein Geld, das ich eingeknüpft hatte, zweiundzwanzig Franken.

Wer wollte mich daran hindern, einzutreten, die Kellnerin herbeizurufen, ihr eine Bestellung aufzugeben? »Bringen Sie mir Spiegeleier«, mußte ich sagen, »und Milchkaffee.« Sehr einfach: »Spiegeleier mit Speck.«

Gehe, sagte die Ampel. Ich ging den Cafés entlang. Als Seeland, Brézil, Farbhof, Quick entpuppten sich im Neon die Lokale, alle zu hell erleuchtet und überfüllt. Dann geriet ich an einen Spielsalon. Die Glastür war offen, Jungen in meinem Alter standen, gelassen arbeitend, an hochbeinigen, ratternden Kasten, die Hände leicht aufgestützt. Im Ventilatorenstrom flatterte eine Pepsi-Cola-Pappreklame, rot angestrahlt.

Warte, sagte die Ampel.

In den Dörfern traten jetzt die Knechte vors Haus und schauten sehnsüchtig in die Nacht. Über dem Hügel lag ein schwacher Lichtschein, der die Stadt verriet. Sie starrten vor sich hin, sahen Mädchen, Übermägde.

Ich, an die Schaufensterscheibe eines Kleidergeschäftes gelehnt, konnte sie mir vorstellen, pfeiferauchend, unterm Vordach, während an mir Wagen vorüberrollten, zu Kolonnen geordnet. Blinkzeichen blendeten gelb, wenn die beiden BMW-Fahrer mit aufbrüllenden Motoren die langsameren Fahrzeuge überholten. Stoßweise in der grünen Welle kam die Flut. Alle Kraft verwandelte sich in Licht und verebbte erst weit draußen an der Nacht.

Unnachgiebig aber spreizte ein Kasten vor dem Haus Nummer 57 vier schwarze Beine, als überwache er das drei Tage währende Sterben des toten Mieters im neunten Stockwerk.

Dröhnend überquerte eine Blasmusik die Straße. Weißgekleidete Tanzmädchen führten sie an, schrien, schwangen Fahnen und Stäbe. Stramm im Schritt gingen Major, Trommler und Bläser, und in gebührendem Abstand beschlossen Zivilisten den Zug. Fenster wurden überall aufgerissen, Zuschauer besetzten den Gehsteig und verliefen sich, kaum war der letzte Ton verhallt.

Gehe, sagte die Ampel.

Mädchen gingen vorüber, einzeln und paarweise, gefolgt von Burschen mit gelben Mützen. Sie kamen vielleicht vom Park, von lachenden Bänken im Schatten der Trauerweiden.

Warte. Gehe.

Pfeifende Bremsen, aufbrüllende Motoren.

Gehe. Warte.

Lärm brodelte über der Stadt. Mir war, als halte ich Schnorrers Meermuschel am Ohr.

»Sie sollten sich nicht an mein Fenster lehnen«, sagte jemand laut. Ich wandte mich um und sah in zwei bekümmerte Froschaugen.

»Sehen Sie«, der Mann trat einen Schritt vor und legte seine weiche Hand ans Glas, »hier ist es gesprungen, und wenn wir nicht aufpassen, sitzen wir plötzlich in den

Scherben. Ein Schaufenster kostet viel Geld heutzutage; das ist nicht mehr wie im Jahre achtundzwanzig, als ich mit Ruth das Geschäft eröffnete. Hier, bitte, sehen Sie, wenn's beliebt.« Er neigte sich vor, die Uhrkette an seinem Bauch baumelte golden, am Hut nickte die Häherfeder, aber da hatte sein Zeigefinger das Bohrloch auch schon gefunden.

Ich sah. Hinterm Glas hingen an kaum sichtbaren Nylonfäden Herrenkleider, und im Sand, der den Boden bedeckte, steckten zwischen Rettungsringen, Krawatten, Bällen und Hemden sechs farbige Strandfähnchen. Von einem unsichtbaren Scheinwerfer angestrahlt, machte sich, an einer der Seitenwände, unterm goldenen Wimpel, eine große, gerahmte Photographie der vorjährigen Real-Madrid-Equipe breit.

»Real«, sagte der höfliche Dicke. »Wissen Sie, ich bin Vorstand unseres Penalty-Clubs.«

Er riß sich den Hut vom Kopf, hob beide Hände, grüßte zur anderen Straßenseite hinüber, rief: »Was denn, was denn, einen sehr schönen Abend, jawohl, grüßen Sie mir Ihre Frau, bitte«, setzte sich den Hut wieder auf, wandte sich mir zu, sagte: »Mir scheint, Sie sind hungrig; es wäre mir ein großes Vergnügen, wenn Sie meine Einladung annehmen würden, ich bin auch hungrig, immer hungrig, habe gearbeitet«, er machte eine Pause, setzte hinzu: »Mißverstehen Sie mich nicht, bitte, ich heiße Schmeil Meier.« An seinem Hut war die Feder blau.

»Mich nannten sie Vulkan«, sagte ich; aber er wehrte schon ab, streckte beschwörend die Arme aus: »Nichts weiter, Ihr Vorname ist mir genug.«

»Ein Spitzname.«

»Ich verstehe.« Er nickte. »Spitznamen verstehen wir.«

Ein Polizist überholte uns. Er überquerte die Straße, hielt auf das Café zu, das sich in violetter Neonschrift Odéon nannte und verschwand zwischen den Türvorhängen.

Schmeil Meier hatte mich am Arm gefaßt, und so fiel ich nicht auf, als wir das Hôtel de la Gare betraten. An weißgedeckten Tischen saßen einsame Esser, Trinker und Zigarrenraucher; an längeren Tafeln ihnen gegenüber lärmten Gesellschaften. Meier grüßte nach links und nach rechts, ich hielt mich dicht hinter ihm. »Maria«, rief er, und Maria erschien, eine Serviertochter in schwarzem Pullover und Korksandaletten.

»Maria«, sagte er, »haben Sie einen Tisch frei für mich und den jungen Mann? Ist sie nicht zaubervoll?« fragte er mich. Ein Tisch war für ihn gedeckt, wahrscheinlich aß er abends immer hier. »Bringen Sie zwei Karten«, rief er, wandte sich, schon ein Brötchen im Mund, mir zu, »und Sie, Vulkan, was wollen Sie essen? Ein Bursche in ihrem Alter, ha, ich sage Ihnen, wir waren acht Kinder zu Hause, und mein Vater, Gott hab' ihn selig, arbeitete sich zu Tode, ein guter Vater, gewiß, nicht wahr, Maria?«

Sie legte die Karten vor uns hin, lächelte, fragte, »darf es Dôle sein heute abend?«

»Dôle«, Meier hielt den Kopf schief, blickte sie verzückt an, »einen halben Liter Dôle, ausgezeichnet, Mädchen, bringen Sie uns den Wein kühl, Sie wissen ja.« Er trank jeden Abend Dôle, das war es.

»Was nehmen Sie, Vulkan?«

Seine Sicherheit machte mich wütend. Ich verstand nicht mit Karten umzugehen; was Dôle war, wußte ich zwar: der Verwalter trank zum Essen zwei Gläser Dôle oder Rosé d'Anjou, und auch er trank den Wein kühl. Von ihm wußte ich, daß auf vulkanischer Erde die beste

Rebe wächst. Wenn er mich bestrafte, pflegte er den Vergleich mit der Erde, die zubereitet werden müsse, herbeizuziehen, und immer lachten auch die Hausmutter und die Angestellten, obwohl sie im Sommer nur sauren Most und im Winter Tee tranken.

»Trinken Sie«, sagte Meier, und ich verschwieg, daß ich manche Flasche aus dem Brunnen beim Pferdestall geholt und mit Schnorrer geleert hatte.

»Auf Ihr Wohl«, sagte Meier, »auf Ihren Spitznamen!«

Er hatte ein lautes, angenehmes Lachen, als er »sehr gut« sagte, sich über den Tisch lehnte und einen kurzen, schwarz behaarten Zeigefinger auf die fettgedruckte Stelle des Zettels legte. »Versuchen Sie das«, flüsterte er. »Sie sind fremd hier, es handelt sich um eine Spezialität des Hauses; mehr verrate ich nicht. Maria!«

Maria erschien, gab ihm Feuer; heftig an der Zigarette lutschend, zeigte er auf die Nummern der Karte. Es war komisch, ihn den Rauch ausstoßen zu sehen.

»Früher«, hustete er, »als mein Herz in Ordnung war, gab es für mich keinen Tabak, der dunkel genug gewesen wäre. Und jetzt bin ich auf die Memphis-Filter gekommen, so weit ist es also. An unseren Sitzungen im Café Gerber, ich sagte ja schon, Penalty-Club, bin ich der letzte Raucher. Schmeil, sagt meine Frau oft gegen Morgen, schlaflos wie sie ist seit vierundvierzig, hast du auch dein Testament in Ordnung gebracht? Die treue Seele, es ist ein trauriger Spaß.«

Er ließ sein goldenes Etui zuschnappen, als Maria die Suppe in runden Tassen brachte.

»Salz ist auch da; aber ich rate Ihnen eher zu schwarzem Pfeffer; wenig Salz, viel Pfeffer. Salz, sagten meine Großeltern, lähmt die Männer.«

Wir aßen. Die Suppe war heiß.

In der Anstalt wurde ein Tischgebet gesprochen, bevor man sich setzte.

Essen, befahl dann die Aufsicht, und jeder beugte sich über seinen Teller. Wer zuerst fertig war ohne aufzufallen, erhielt mit Glück einen zweiten Schlag Kartoffeln, ein zweites Stück Fleisch. War nichts mehr in den Schüsseln, gab es Brot.

›Fresser‹, wie der Verwalter sie nannte, hatten eine halbe Tasse Fischtran auszutrinken oder Wurmschokolade einzunehmen. Diese Tischaugenblicke bildeten den Inhalt unseres Lebens, markierten auch die Besonderheit der einzelnen Tage, die sich sonst durch nichts unterschieden.

Weißt du noch, sagten wir, die vier Würste. Das war an Weihnachten vor zwei Jahren, als fünf Schweine notgeschlachtet werden mußten.

Oder Uelus Beerdigung im letzten Sommer, als plötzlich Zettel von Hand zu Hand gingen, Leichenschmaus-Speisezettel, nach dem üblichen Zinken-Schema hergestellt, aber, wie sich herausstellte, von der Direktion heimlich in Umlauf gebracht, damit wir gefügig blieben. Höheren Orts wußte man, daß schon die Aussicht auf besseren Fraß genügte, eine Revolution unter Kontrolle zu halten, und man hatte sich nicht getäuscht.

Wir standen schweigend im Wege als notwendige Requisiten zu einem kurzen Schauspiel, mürrische Flegel, Sträflinge, Hände an der Hosennaht. Es regnete an jenem Sommermorgen, und die Bretter, die man am Grab gelegt hatte, waren seifigglatt. Noch nie hatte ich die Erde so rot gesehen; ich wartete darauf, eine Bewegung der in sich zusammengesunkenen Erdhügel wahrzunehmen, aber es rührte sich nichts unterm unaufhörlichen Regen, nichts als das Wasser, das zwischen den Dreckhaufen zu einer roten, blasenwerfenden Lache anwuchs.

Drei Tage vorher war das Unglück mit Uelu geschehen.

Lehmann, der uns beaufsichtigen sollte, hatte nach dem Lichterlöschen das Haus verlassen. Ich beobachtete ihn, wie er mit einem Draht die Kellertüre sicherte. Im Mauerschatten erreichte er ohne Zwischenfall das Verwalterhaus. Eine Sekunde lang sah ich Johannas Gesicht, bevor sie den Freier hereinzog und vorsichtig die Fensterladen und Fenster schloß. Im Innern des Zimmers brannte eine Kerze.

»Der Schweinehirt und die Schwester des Verwalters«, flüsterte Schnorrer, »die neueste Verbindung.«

Himp machte Licht.

»Fein«, sagte er, »jetzt können wir mit Müller abrechnen.«

Während wir Müller verprügelten, erschien der Verwalter. In Stiefeln stand er unter der Tür, eben vom Stall zurück und die Gerte lag reglos am Schaft.

Eine einzige Armbewegung, und wir standen, zum Appell bereit, am Kopfende des Bettes.

Nur einer fehlte: Uelu.

Der Verwalter schritt die Reihe ab, betastete Roth, ließ den nackten Zinu vortreten und blieb vor Uelus Bett stehen.

Plötzlich packte er das Federkissen, trug es hinaus in den Korridor und warf es mit einem furchtbaren Schwung die Treppe hinunter vor Lehmanns Tür.

Negus sagte laut: »Da steckt Uelu drin.«

Auch der Verwalter starrte auf das Bündel; es zuckte hin und her und blieb still.

»Er hat sich jeden Abend verkrochen«, sagte Negus, »aus Angst.«

Schaltenbrand trieb uns in den Schlafsaal zurück; doch hörten wir anderntags, Uelu habe nicht geblutet.

»Vielleicht doch, aus der Nase«, sagte Negus. »Erinnere dich, wie wir die Kaninchen töten.«

Am Grab las der Pfarrer aus der Bibel vor, und der Küster hielt seinen Schirm über ihn. Die Totengräber falteten ihre Hände zum Gebet am Spaten.

Kalte Maisschnitten gab es, als wir nach Hause kamen. Es regnete den ganzen Tag.

Nach dem Essen standen wir am Fenster der Familienunterkunft und starrten hinaus in den Regen.

Es kam auch vor, daß uns die Bauern auflauerten. Besonders an Sonntagnachmittagen im Januar, wenn des hohen Schnees wegen der Aufsichthabende die Kolonne der Spaziergänger anführte, wurden die Nachzügler in den Höfen festgehalten.

Ich selbst ließ mich einmal mit Schnorrer zum Essen einladen. Roth, der mit uns zurückgeblieben war, entschloß sich, den Spaziergang mit den andern zu beenden; Schnorrer aber und ich, wir hatten nichts zu befürchten, weil in unserer Familienunterkunft die Rollbach Aufsicht führte. »Nehmt Platz«, sagte die Bäuerin und legte Kissen auf die Bank. »Ihr werdet Zeit haben, nicht wahr, Vater?«

Sie hatte Schnorrer am Arm gefaßt.

»Wie mager du bist, Vater, der arme Bub«, sagte sie.

Der Bauer brummte bloß.

»Sie führen euch mit dem Wagen zurück«, stotterte Luise, die am Tischende geschlafen hatte.

»Und so lassen sie dich herumlaufen«, sagte die Bäuerin, die Schnorrers Arm noch immer nicht losließ. »Ihr bekommt kaum genug zu essen, nicht wahr?«

»Kraut«, sagte die andere Magd rasch, »Kartoffeln, aus dem Wasser gezogen.«

»Bist du krank?« wollte die Bäuerin wissen. »Stimmt es, daß die Bettnässer nachts eine Klammer am Glied tragen müssen?«

»Schlägt er euch mit Ruten?« fragte der Bauer.

»Er reißt uns die Knöpfe von den Kleidern und peitscht uns mit einem Gummischlauch aus«, sagte Schnorrer.

Inzwischen hatte sich der Tisch mit Zöpfen, Butter und Fleisch gedeckt. Der Bauer schenkte Wein ein.

Nach einer Weile meinte er, es wäre gut, wenn Schnorrer sich auf den Tisch stellte.

»Da sieht man es«, sagte er, »seine Knie berühren sich«, und er legte ihm die Hand zwischen die Beine. Schnorrer befolgte auch weitere Ratschläge, ließ sich die Hose ausziehen und das Muttermal am linken Oberschenkel betasten.

»Keine Striemen«, sagte die eine Magd enttäuscht, und Schnorrer durfte, die Hose wieder zurechtgerückt, vom Tisch herabsteigen.

»Rachitisch ist der Junge«, sagte der Bauer. »Ich werde einen Bericht verfassen.«

Die Uhr schlug irgendwo im Haus. Unvermittelt begann die Bäuerin ein endloses Gebet für einen Karl, der ihr genommen worden war.

Dann aßen wir, wenig wurde geredet, die stotternde Magd kaute bedächtig. Mit der rasch zunehmenden Dämmerung kehrte auch die Langeweile zurück. Vor den Fenstern streunten im letzten Licht Katzen herum. Man sah sie, dunklere Schatten, durchs Glas starren. Von

Zeit zu Zeit warf sich eines der Tiere, hoch vom Holzstoß aufschnellend, ins Fenster. Im dumpfen Aufprall bebte das Geschirr auf der Kommode. »Wildlinge«, sagte der Bauer schleppend. »Haben Hunger.« Aber die Mägde schliefen schon wieder vor ihren vollen Tellern. –

»Gehen wir«, sagte Meier. Unter der Türe drängten sich die lärmenden Gäste. Wir hatten gegessen, ich schwitzte, eine unnatürliche Hitze war in den trockenen Kleidern zurückgeblieben. Die Nachtkühle tat wohl. Ein Spritzwagen hatte die Straße mit Wasser besprengt. Sie war jetzt noch belebter als zuvor.

An den eisernen Randsteingeländern übten sich junge Fußgänger in erstaunlichen Sprüngen.

In Meiers Kleidergeschäft brannte kein Licht mehr, und die bunten Wimpel in den Rettungsringen waren kaum zu erkennen. »Halb zwölf«, sagte Meier, »der Nachtwächter hat seinen Rundgang gemacht. Man wird Sie nicht stören.«

»Stören?«

»Ja, da ich Ihnen vorschlagen möchte, über Nacht hierzubleiben. Sie können die Couch in der Umkleidekabine benützen. Werden Sie mit einer Wolldecke auskommen?«

»Woher wissen Sie?«

Er hatte ein lautes, herzliches Lachen: »Ich bin ein alter Kleiderhändler.«

»Was hat das mit mir zu schaffen?«

»Viel«, sagte er. »Ich kenne den Stoff Ihrer Hose, ich kenne das Haus, das ihn verarbeitet, und ich kenne den Auftraggeber.«

Plötzlich wurde er ernst.

»Sie sollen hier schlafen, mein Freund. Morgen früh

komme ich als erster ins Geschäft, dann sehen wir weiter. Fürchten Sie nichts, bitte. Gute Nacht.«

Er hatte die Türe aufgesperrt.

Ich ließ mich einschließen. Durch die Fenster fiel soviel Licht ein, als ich brauchte, um mich zurechtzufinden.

Jetzt weckte Schaltenbrand die Bettnässer im Schlafsaal vier. Man hatte wirklich versucht, sie mit besonders gebauten Klammern trockenzulegen; aber der Versuch war mißlungen.

Der frühe Morgen ruhte sich auf der breit fließenden Straße aus. Am Bürgersteig waren Männer in Überkleidern damit beschäftigt, Fahnenstangen zu setzen. Auch einzelne Häuser hatten geflaggt, und in der leichten Brise bewegten sich die farbigen Tücher schläfrig. Es war kühl. Vor den Parkverbotstafeln standen offene Kastenwagen, kleine Camions oder auch nur mit Tüchern gedeckte Handkarren. Metzger luden blutige Tierviertel aus, und die Hunde, von Herren in weiten Hosen zum Morgenspaziergang ausgeführt, zerrten bellend an ihrer Leine. Lehrjungen wischten das Pflaster vor ihrem Laden, schleiften Teppiche ins Freie und schleppten Fahrrad-Ständer ans Straßenbord. Rasselnd wurden Storen gehißt; drüben, auf der Sonnseite, blendeten die Scheiben, und die Fußgänger warfen lange Schatten. Die Terrasse des De la Gare war leer; ein Office-Bursche stand pfeifend am offenen Fenster.

Ich ging im Schatten; die in den Läden ausgestellten Gegenstände waren im Halbdunkel undeutlich zu erkennen: Buch, Stoff, Schuh.

Nach fünf Minuten erreichte ich den Platz. Leer spreizte er sich zwischen den in Beton eingegossenen Pflanzenhöckern und einem vierschaligen, mit Bronzefiguren umstellten, einsamen Brunnen, gegen den Himmel abgedeckt durch ein Gitterwerk elektrischer Leitungen und Kabel. Über dem Kanal war ein Hochhaus im Bau. Krachend fiel der Dampfhammer in regelmäßigen Intervallen auf die mächtigen Eisenpfosten. Krane setzten menniggestrichene Stahlträger am Straßenrand ab. Ein verbundenes Fenster der Baubaracke starrte über den fressenden Bagger in der Tiefe hinweg. An die Betonmaschine gelehnt stand ein Arbeiter. Er klaubte sich einen Stein aus dem rechten Schuh. »Sie sind mir im Weg«, sagte jemand in meinem Rücken. Der Kerl trug in der Hand einen Stoß grüner Zettel, in der andern Bürste und Leimtopf.

»Ankleben«, sagte er und wies mit dem Kopf auf die Säule, an der ich stand.

»Ist das vielleicht ein Fest?«

»Fest?«

»Na ja, die Fahnen da.«

»Ach so«, er schob sich erleichtert die Mütze aus der Stirn, froh, begriffen zu haben, »unser Markt ist das. Gehn Sie geradeaus, Sie können sich nicht verirren, immer dem Lärm nach.«

Mit seiner Bürste beschmierte er die Rückseite eines Zettels; gleich darauf las ich die in fetter, schwarzer Schrift gedruckte Mitteilung:

Daimler-Kurs 4100 Prozent
Häute: New York Juli 17.25. Okt. 16.70
Phoenix-Latex auf 11 Prozent
Berliner Börse AEG 413 uG 410

Er bestrich auch die Vorderseite mit Leim und glättete dann sorgfältig die Falten aus.

»Ich versteh's nicht«, sagte er, »so wenig wie Sie. Wenn Sie einen Zettel mitnehmen wollen, bitte sehr. Achtzig kleb ich an, und hundert hat mir die Gesellschaft mitgegeben, ein gutes Tagespensum.«

Den Zettel trug ich auf mir, als man mich abholte, zehn Monate später, kurz nachdem Claude seinen Geburtstag gefeiert hatte und Heini beerdigt worden war.

Er wurde mir bei meiner Wiedereinlieferung in die Anstalt abgenommen und als Dokument, mit Stempeln versehen, archiviert. Die Behörden arbeiten recht ordentlich: ihr Aktenmaterial ist seit 1945 im Format vereinheitlicht, so daß eine zentrale Buchbinderstelle in Bern in der Lage ist, daraus gediegene Bände herzustellen, mit golderhabenen Jahrzahlen und einem verkehrt marschierenden Bernerbären im Lederrücken.

B. war wieder da.

Er ist ihr Spion, ein Mittelsmann, der mich mit Papier versorgt und meine Berichte sammelt.

Er behauptete gestern, keinen Börsenbericht gesehen zu haben. Er gab sich brüderlich, hatte die Mütze aufs Bett geworfen und sich in meinen Stuhl gesetzt.

Ich verlangte mehr Papier, ich wollte die Direktion überzeugen.

Er sagte: man glaubt dir nicht, und die Mauer ist unüberwindlich.

Ich betrachtete meine Hände, kleine Hände ohne Narben, und den Zeigefinger kann ich nicht ganz strecken. Die Außenmauer der Anstalt ist mit Glasscherben bestückt.

Er bot mir eine Zigarette an.

Im Alter von zehn Jahren versetzte man mich aus dem Schwererziehbarenheim in die Strafanstalt. Ich war ein elternloses Kind; aber B. sagte: dein Vater ist ein Pole, du bist nicht erziehbar.

Ich unternahm am 6. Juni einen Fluchtversuch. Hagel zerstörte an diesem Nachmittag die Ernte, und man fand erschlagene Lerchen in ihren Nestern. Jetzt ging der August zu Ende, und B. sagte: man sieht die Spuren immer noch; die Kastanienbäume haben sich nicht erholt.

Er legte meinen Zigarettenstummel in die Schachtel zurück. Er hatte versprochen, einen Kugelschreiber mitzubringen. Der Bleistift da taugt nichts.

B. schloß die Türe hinter sich ab; ich hörte, wie er den Schlüssel drehte. Am Guckloch hob sich geräuschlos die Sichtblende.

Ich ging, wie mir der Ankleber geraten hatte, dem Lärm nach. Der Boden bebte unter den dumpfen Schlägen des Dampfhammers. Der Bauplatz, den ich mir aus der Nähe besehen wollte, war durch Seile abgesperrt. Im Schatten der Bauhütte lagen braune Bierflaschen. An der Latrine hing ein zerbeultes Blechschild: Eintritt für Unbefugte verboten. Im Kettenknirschen und steinigen Scheppern verständigten sich die beiden Baggerführer durch Handzeichen; sie hatten mit roter Farbe die Maschine angeschrieben: Luga, der größte Bagger Europas.

Aus dem Betonschacht brach von Zeit zu Zeit braunes Grundwasser und sammelte sich in einem lehmigen See zwischen den Erdwällen.

BUNT ÜBERDACHT ankern die Marktstände in den Gassen der Innenstadt. Im Rinnstein schwimmen verfaulte Kirschen. Die Kirche spiegelt sich in einer Pfütze und zerfällt bei jedem der elf Glockenschläge. Bananenschalen, Kippen und eine Zeitung voll welker Blumen decken sie zu.

Dienstmädchen folgen mit vollen Taschen ihren Hausfrauen. Plötzlich verschwinden sie in den rötlichen Schattentiefen und tauchen vor einem aprikosenbeladenen Tisch wieder auf; sie fürchten sich nicht vor den Wespen, prüfen mit flinken Fingern die Festigkeit der Früchte, beugen sich vor, und der Rock spannt sich prall über ihrem Hintern.

Die Luft ist schwer von Gerüchen.

Ein Antiquar sitzt, in sein Buch versunken, unter dem dröhnenden Lautsprecher; am Stand nebenan kriechen Schildkröten, schlechte Tänzerinnen, im blechernen Eimer herum.

Das fahrende Großunternehmen ›Billiger Jakob‹ hat seinen Aufpasser, Anreisser und Warenschlepper, einen als Senn verkleideten, käppitragenden Schläger auf die Straße gestellt. Starr und schwitzend, Furunkel im Nakken, die Fäuste in den ausgespannten Hosenträgern steht er im nachgiebigen Asphalt.

So stand er auch am Diplommarkt von Langenthal und am Ziegenmarkt in Adelboden, als wir mit dem Ziegenbock Felix den ersten Preis gewannen. – Mit der Linken, meiner geschickten Messerhand, löse ich einen Schwarm Ballone, und während die kreischende Händlerin vom Stuhl auffährt, begebe ich mich in Deckung. Die farbigen Kugeln schweben der Fassade entlang an einem Mann vorbei, der im Fenster lehnt und »Olé« schreit, ohne aber Miene zu machen, das durchschnittene Seil zu fassen.

Auch Jakobs Aufpasser starrt in den Himmel, und ich bringe mich vor seinen spähenden Augen in Sicherheit. Diesen Teil des Marktes haben die Erfinder gepachtet.

Ein Italiener schwärzt langstielige Silberlöffel in einer stinkenden Lauge; die Frau ihm gegenüber gießt anmutig Salatöl über weiße Hemden. »Sägen, kämmen, lausen, alles in einem Arbeitsgang«, ruft einer, »einmal hin und einmal her, wie in der Liebe.« Mit einem durchsichtigen Kamm sägt er den Kistendeckel entzwei. Ein Mädchen ist aufgeschnellt und bläst »Calypso« in Seidenpapier auf demselben Kamm.

Den Knecht, der sich, ins niedere Gitter am Wirtshaus gekrallt, erbricht, beachtet niemand; ein Wirbel reißt ihn ins Gedränge zurück.

Ich folge dem Sog, bis sich zwischen abgeräumten Geflügelständen und hoch aufgestapelten, dreckigen Weidenkörben unvermutet eine noch schmalere Gasse öffnet.

Der Schatten hier hat ein Gewicht, ist durch die leichtere Luft abgesunken und hat sich am Grund der Gasse gesammelt.

An einem schmalbrüstigen, zwischen zwei neuen Blökken stehengebliebenen Haus entdecke ich das Schild, das Schnorrer mir so oft beschrieben hat, wenn wir Fluchtpläne schmiedeten: offenes Barbiermesser über einer Schere.

Hier wohnen sie: Die Spanierin, die er Mutter nannte, Monique, seine Schwester, Dolly, Dolores, die Bulldogge und alle andern. Dies ist ihr Haus, sein Haus. Die Fensterläden im zweiten und dritten Stockwerk sind geschlossen; aber die Fenster unterhalb der Schattenlinie stehen offen. Der Glasperlenvorhang bewegt sich sanft in der offenen Tür; hinter den Stäben ist der Umriß eines Mannes erkennbar. Während oben ein Fenster aufgestoßen wird und ein Mädchen Staub aus dem Handfeger schüttelt, teilt sich der Vorhang, und es erscheint eine junge Frau in Stöckelschuhen.

»Dolly«, ruft sie, »gleich hörst du auf!«

»Weiß schon«, schreit Dolly, »aber das ist ja ein Stall. Irgendwo muß ich doch anfangen. Haben Sie das Unglück gesehen, Fräulein Monique?«

»Unglück?«

»Mit dem Stier.«

»Ich geh jetzt, Dolly. Sagen Sie meiner Mutter, die Rouault erwarte mich zur Anprobe.«

Der Mann ist verschwunden. Fräulein Monique bindet ein Kopftuch um, ein Blick streift mich, ein Rudel Pfadfinder schiebt sich zwischen uns.

»Flüchtlingshilfe«, sagt der große, rothaarige Maler mit dem Bild. Er hat sich an meiner Seite eingerichtet. Dolly stellt einen Käfig ans Fenster.

Gertsch, die Gehilfin im Heim, Schaltenbrands Geliebte, zog Wellensittiche auf; Schaltenbrand hatte ihr ein Paar von Zürich mitgebracht, wo unsere Anstalt an einer Ausstellung mit einer neuen Kartoffelsorte vertreten war. Als das Hauspersonal die Armeeparade in Payerne besuchte, vergaß sie, ihre Zimmertür abzuschließen, und Schnorrer drehte den Piepmätzen den Hals um.

Schnorrer, José Claude Ledermann soll ich dich hier nennen! Der frühere Besitzer des Hauses hieß Schneider, auch nicht übel, die Schrift ist noch zu entziffern, aber sonst, Lieber, befindet sich dein Haus in einem miserablen Zustand. Zwischen Türen, Toren, Pforten, Glas und Beton hängt es spitzgieblig, bläulich verfärbt in unheilbarer Herzkrankheit, mit flatternden Laden und rissigen Mauern; sahst du es anders?

»Damen und Herren«, heult der Kerl neben mir los, »nähern Sie sich dem Tempel der Kunst. Sie haben vor sich einen sogenannten Krebs- oder Dämmerungsmaler, denn beides, müssen Sie wissen, beginnt mit Nichts, das sich zu Knötchen und Knoten verdichtet. Das Geheimnis ist einfach: die Zellen schmerzen sich gegenseitig. Deshalb fürchtet der Krebskranke die Dämmerung; in ihr verschlimmert sich sein Leiden!«

Die ersten Gaffer stellen sich ein. Wenn ein Schroter den Mann festnimmt, bin ich als Zugabe geliefert. Der Maler hat seinen Schwarten an die Mauer gestellt und sich die Baskenmütze schief übers Ohr gezogen.

»Zurück zur Natur«, brüllt er. »Betrachten Sie mein Bild! Ist es vielleicht nicht nach Natur gemalt? Ich halte den Zustand des Krebskranken in Öl fest. Afrikaner, beispielsweise, malen Gazellen, weil es in ihrem Land Gazellen gibt. Nichts anderes tue ich. Ich male den Krebs und die Dämmerung. Auf meinem Hügel vereinen sich zwei Dämmerungszonen, eine östliche, rußdunkle und eine westliche, see-erfüllte, dünnere. Das male ich, Märki.«

Sachte ziehe ich mich in den Salon zurück. Mit raschelndem Läuten schließen sich hinter mir die Perlen zum Vorhang. Kühles Licht wird von einem großen Ventilator in strömender Bewegung gehalten. Transportable, bemalte Rohrwände stehen nutzlos im Raum; andere liegen, noch zusammengerollt, am Boden. Auf dem Türbord träumt ein gipsener Frauenkopf einen schönen, lang fließenden Traum. Ich unterscheide blechernen Lärm, gläsernen Lärm, Schritte im Parkett, kurz hackend auf der Treppe. In eine weiße Ärmelschürze geknöpft, bewegt sich Madame auf mich zu. Linien ohne Zusammenhang sind in ihr Gesicht gemalt: dünn ausgezogene, rote Bänder an den Zähnen, schwarze Zeichen über den Augen, Gold am fetten Hals.

Ich zeige ihr den Brief, den Schnorrer mir mitgegeben hat. Ihre abwehrend ausgestreckten Krallen rollen sich ein, Lippenstiftstriche auf dem Handrücken werden sichtbar.

»Madame«, sage ich, »zweifeln Sie?«

Die Armbänder klirren; sie schielt mich an, drei zukkende Blicke lang, schaut weg, »Mistvieh«, sagt sie.

Wenn sie zu weinen beginnt, hüte dich, hatte Schnorrer gewarnt. Sie weint nicht.

Sie führt mich in Schnorrers Zimmer. Es ist als Abstellraum gebraucht worden. Ich räume das Bett ab, reiße die Fenster auf.

Der verrückte Bilderverkäufer steht noch da, einsam, die Gasse hat sich geleert, es ist Mittag.

Jeder Gefangene hat seinen Plan. Der Plan ist süß. Planend vergißt man das Warten. Der Plan hat manchem das Leben gerettet; aber nur der planlos Aufbrechende kann sich, wenn er Glück hat, draußen zurechtfinden. Draußen ist alles anders. Ich frage mich, Schnorrer, wie deine Heimkehr sein wird. Du kriechst den Dingen unter die Haut. Das Fassadenblau leuchtet auf und erfüllt die Fenster mit kostbarem Schein. Erschrockene Gestalten drängen sich ins Feuchte hinter den Fensterladen. Pfarrer verbergen sogleich ihre Hände in langwehende Ärmelröcke, Richter ziehen sich Perücken übers Auge, Geschäftsmänner übergeben einander Aktentaschen, Beamte bürsten ihre Jacke aus und knappern Kaffeebohnen oder Nelken. Während Arbeiter den Raum durch ihr Sitzen auf vorderster Bankkante in ein Wartezimmer verwandeln, vertiefen sich halbwüchsige Schüler in ein gärendes Buch.

Die Mädchen sind nicht feierlich gestimmt. Kreischend bewerfen sie sich mit Schuhen und andern Kleidungsstücken, spielen Fangen, äffen die Gewohnheiten ihrer Kunden nach, teilen Segenswünsche aus.

Verehrteste, sagst du, unser Salon wird umgebaut, Sie werden die Adresse zur gegebenen Zeit erfahren. Du bist ein hübscher Junge, Schnorrer, dein Kinn ist fest, hast keinen Klumpfuß wie Himp und andere in der Anstalt, du hast ein hübsches Lächeln.

Du wirst sehen, wie sie sich räuspern. Den Hut gerückt, auf die Straße getreten, mutig! Die Röte verschwindet aus den Gesichtern.

Über dir, in der Heilsarmeewohnung, wird ein Lied angestimmt, begleitet vom quäkenden Ton des Harmoniums, eindringlich bohrend. Im goldenen Palmzweig auf dem Buchdeckel spreizt sich die Nacht und löst die weinroten Tapeten. Du gehst zu einem Mädchen, schleichst dich ruhelos durch dein Haus; unterm Dach kauerst du in der Wärme des offenen Holzes, wie betäubt, vom Haß in Wellen überschwemmt, unfähig zur Rache, verkrüppelt.

B. BEGINNT, sich bei mir einzurichten. Er geht in meiner Zelle ein und aus, hat ein Abteil meines Schrankes mit Kleidern und Büchern belegt, und auf dem Tisch stehen die Pillen, die er zu genau festgelegten Tageszeiten einzunehmen pflegt. Auch muß ich ihm vor dem Nachtessen die eiternden Augenlider mit einer zähen, dunklen Flüssigkeit betupfen. Die Tücher, mit denen er nachts seine wunden Beine bedeckt, trocknen tagsüber an meinem Heizkörper.

Gewöhnlich tritt B. grußlos ein und zieht sich die Schuhe aus, bevor er sich in mein Bett legt. Auf der eisernen Querstange stützt er die Füße auf und reibt die Zehen aneinander, so daß die Nylonstrümpfe ein leise schabendes Geräusch verursachen. Ich stopfe mir Watte in die Ohren; aber das Geräusch ist stärker.

Heute brachte B. den versprochenen Kugelschreiber mit. Meine Frage, ob ich Brandmoos bald verlassen und in eine Klinik eingewiesen werde, beantwortete er ausweichend. Sein Interesse galt Schnorrer.

Er sagte: Man verheimlicht mir etwas. Man will mir seine Akten nicht ausliefern. Du weißt mehr über ihn, Benninger, du warst sein Freund.

Vielleicht meinte er die Sache mit den Tigern?

Vor einiger Zeit, Schnorrer zählte damals fünfzehn Jahre, ist er sich bewußt geworden, daß die Tiger, die während langer Zeit seine Begleiter waren, ihn verlassen hatten.

Unterm Bett lag keiner mehr.

Unter den Stühlen: Leere.

Unterm Schrank: Keine grünen Augen.

Es ist Abend; ein guter Abend, noch ohne Flüchtigkeit, ein Septemberabend. Aus der zunehmenden Dämmerung in seinem Septemberabendraum hat das Licht des Plattenspielers immer deutlicher einen Halbkreis geschnitten.

Er, der junge Mann, hat sich ein Stück Ellingtons angehört, dabei die Nadel immer wieder abgehoben, um die eine Stelle noch und noch zu prüfen: Betty Roches Einsatz im ›A-train‹.

Sie sang schön, und man fuhr mit, in diesem A-Zug nach Harlem, mit ihr.

Und da, zum erstenmal, entdeckte er, daß die grünen Lichter der Tiger, daß die Tiger selbst verschwunden sind. Betroffen schaut er sich um, schnuppert – auch der vertraute Raubtiergeruch ist verweht.

Er hat sie nicht gesucht.

Erst viel später ging ihm auf, was er in dieser Minute verloren hatte [als er sich in der scheinbaren Sicherheit des leeren Zimmers fürchtete], aber jetzt suchte er sie nicht. Auf dem Bücherbrett, schon tief im Süden, standen noch Kipling und London; aber oben tauchen bereits andere Bücher auf, und nie mehr stießen die Tiger die gläserne Tür mit ihren eckigen Köpfen auf, nie mehr verschliefen sie mit ihm die Mittage, nie mehr sprangen sie in der Dämmerung zum Fenster herein, groß, schwer, sanft, nie mehr erfüllte ihr Geruch seine Nächte, und weshalb sie jenen Septemberabend zum Tag ihres Rückzuges gemacht hatten, erfuhr er nicht.

Die Zigarette hatte ein Loch in die Decke gebrannt, war zu Boden gefallen und hatte sich in einem schwarzen Krater selbst aufgezehrt.

B. war eingeschlafen. Seine eine Hand lag unterm Kopf, die andere pendelte offen an einem langen Arm vom Bett herab. Die Fingernägel waren breit und schmutzig.

Jetzt ein einziges Wort mit Schnorrer wechseln dürfen, einen Blick nur. Seine Stimme hören, seine verfärbten Turnschuhe sehen.

Doch blieb mir die Erinnerung.

Schnorrer war ins Brandmoos gekommen, als ich eben die Dunkelhaft, die mein erster Ausbruchsversuch mir eintrug, verbüßt hatte.

Ein schwarzgekleideter Detektiv mit steifem Hut lieferte ihn ein; wir, an den Fenstern, kugelten uns vor Lachen, denn die beiden gingen Arm in Arm wie zwei Pennfreunde, im Gleichschritt zärtlich abgestimmt, und kein Mensch ahnte etwas von der Schelle, die ihre Handgelenke verband.

Während der Verwalter dem Bullen die Ställe zeigte, [sein Stolz und seine Freude, und, da er zu sagen pflegt: Strafanstalten sind Selbstversorger, seine Lebensaufgabe], brachte Schaltenbrand, unser Esperanto-Gärtner, den Neuen in die Familienunterkunft II.

Bei uns werden die Eingelieferten gleich in den ersten Schreckminuten zum Tauschhandel herausgefordert; Schnorrer aber konnte sich drei Tage lang halten, bevor er, von Müller-groß verpfiffen und von Brogni, dem Oberknecht, mit Zündhölzern im Tenn erwischt, im Keller versenkt wurde.

Am folgenden Samstag holte ihn der Verwalter herauf. Nach Familien geordnet, standen wir im Flur und ließen das übliche Verhör über uns ergehen.

Schnorrer, im Keller blaß geworden, zeigte Klasse. Sie prügelten ihn, die Reitpeitsche zog eine rote Spur über sein leeres, ausdrucksloses Gesicht, er schloß die Augen; aber er schwieg.

Am Abend desselben Tages bot er mir sein Messer an. »Ohne Gegenleistung«, sagte er. »Auf mir würden sie es doch finden, jetzt, da sie mich fürchten. Besser, du hast's.«

Mit dem Messer hatte er einen Schulkameraden erstochen; an jenem Abend erfuhr ich nichts davon. Er wollte bloß hören, wie wir organisiert waren, wo sich Verstecke befanden, wie unser Spionagedienst eingerichtet war, wie die Führer der einzelnen Gruppen, Klassen und Familien hießen und weshalb sie hier waren.

Während ich ihm die Leute nannte: Schlawiner, den Herumtreiber, Schmeling, den Schläger, Krischtamadonna, den Opferstockmarder, Vulkan, den Spieler, Negus, den Homosexuellen, scharrte er nachdenklich im Kies, beschieb Achterbahnen darin, Kreise, schließlich den Umriß eines Weibes mit großen Brüsten. »Gut«, sagte er plötzlich, »das ist's, was ich wissen wollte.« Er versetzte mir einen leichten Schlag auf die Schulter. »Und wenn ich dir einen Rat geben darf: Schweig, hörst du?«

Er selbst hatte eine aufreizende Art zu schweigen; mit dem Personal sprach er nur in jenen Augenblicken, in denen Schweigen gefährlicher war als Reden. Lehrer brachen an seinem Schweigen zusammen.

Was ihn aber vor uns auszeichnete und ihm, so glaubte ich wenigstens, Sicherheit verlieh, war dies: Er hatte schon mit Mädchen geschlafen. Mit Monique zuerst, die fünf Jahre älter war als er, dann aber auch mit Mädchen aus dem Salon, den seine Mutter führte.

Eines Abends, drei Wochen später, wir hatten eben die Gerste eingebracht, bestellte er mich zum Hühnerstall.

Die Rollbach, eine ehemalige Lehrerin, jetzt Familien-Aufsicht mit feinem Haar, hatte ihn zu sich befohlen, um ihn über gewisse Gerüchte zur Rede zu stellen.

»Sie hat mich an ihren Tisch gebeten und eine Platte aufgelegt«, sagte er. »Den Schmus kennst du ja. Vertrauen und so. Ich versuchte herauszufinden, was sie eigentlich wollte. Sie sah mich immerzu so blauäugig an und hatte sich parfümiert, und als sie mich an der Hand faßte, zornig, versteht sich, weil ich von nichts wußte, begriff ich, daß es sich um Liebe handeln könnte. So bat ich sie um eine Zigarette, erlaubte ihr, das Zündholz auszublasen und näherzurücken, kurz, es war eine schlichte Feier. Stell dir bloß vor: Anständler und Ex-Lehrerin!«

Die Rollbach verschaffte uns Vorteile, dispensierte uns, wenn sie Sonntagsaufsicht führte, vom Spaziergang im Areal und verhalf uns zu Sonderrechten.

Zehn Monate später überraschte der Dorfidiot die beiden in der Schuttgrube.

»Stell dir das Mädchen vor«, sagte Schnorrer, »auf einmal teilt sich das Gebüsch und zwischen Laub und Zweigen hängt das wiehernde Sabbergesicht. Ich will sie beruhigen, aber sie schreit, und nach einer Weile zieht sich der Trottel zurück und holt den Bauern.

Diesmal bleibe ich straffrei, darauf kannst du dich verlassen. Der Fall ist klar: Schnorrer, das Opfer einer pflichtvergessenen Erzieherin.

Schnorrer wurde zur Stallmannschaft versetzt; unter Brognis Aufsicht erlernte er den Umgang mit Kühen. Als Vroni ein Kalb zur Welt brachte, lobte ihn der Tierarzt seiner geschickten Hilfe wegen.

Im Januar hätte seine Mutter ihn besuchen sollen; sie hatte sich angesagt, aber dann kam sie doch nicht.

JETZT LERNTE ich sie kennen: Monique, soeben aus einem Internat heimgekehrt, Dolores und Dolly, die beiden Bettdamen des Hauses, als Maniküren getarnt, das taubstumme Ehepaar in der Heilsarmeewohnung, dann Schnorrers Mutter und ihren Liebling, die Bulldogge, die ich [dies war mein erster Auftrag], zum Pissen auf einen benachbarten Platz, die Wildermethmatte, unter eine mir genau beschriebene Trauerweide führen mußte, wie rasend sich auch das zähnefletschende Vieh mit dem verrückten Namen ›Dis-y‹ gebärdete.

Tag für Tag denselben Ausflug, und einmal empfing mich Gert unter der Türe; nachlässig schwang er ein feuchtes Tuch in der Hand.

»Sie suchen dich«, sagte er, der Schminker und Maskenbildner, Gesellschafter älterer Damen, denen er Aktphotos von sich zusteckte, wenn sie den Salon besuchten und Frau Ledermann ihm bedeutsam zunickte. Sie suchen dich. Nicht mehr als das. Er also hatte mir die Geschichte, die ich auf Mutter Ledermanns Wunsch zum besten gab, nicht abgenommen, er glaubte mir den vor den Russen geflüchteten Ungarnstudenten nich, er ließ sich nicht weismachen, daß ich selbst in der freien Schweiz verfolgt werde, weshalb Vorsicht geboten und meine Anwesenheit zu verschweigen war; im Gegenteil, er hatte mich durchschaut und die Meldung im Radio als eine auf mich gezielte Fahndung gedeutet.

Was blieb mir da anderes übrig, als mich mit ihm zu verständigen? Es galt, ein Abkommen zu treffen, wonach er solange schweigen wollte, als ich mich nicht um seine Geschäfte kümmerte. Aus diesem Abkommen entwickelte sich eine gute Kameradschaft, obwohl Gert nicht zur Bande gehörte, in die ich bald darauf aufgenommen wurde. Kam er aus der Ballettstunde bei Frau Oberhäusern nach Hause, half er mir beim Aufwaschen der Treppen, beim Bohnern, beim Teppichklopfen, und er war es, der mir die Stadt zeigte. Mittags hörten wir zusammen die Suchnachrichten ab.

Man war mir auf den Fersen; die Heuer wußten jetzt, mit wem sie Heu eingebracht hatten, und der Besitzer eines Verlagshauses aus Zürich und Ascona hatte mich auf Quai I des Bieler-Bahnhofs herumlungern sehen. Dennoch stocherten Fischer mit langen Stangen im Uferschilf, und Froschmänner untersuchten das Wehr bei Hagneck. Eine Belohnung wurde nicht ausgesetzt, so daß man sich bald auf einen Tod einigte, der mich im Wasser ereilt haben mußte. Es fand sich ein Dorfbewohner, der erklärte, während eines stürmischen Gewitters schwache Hilferufe gehört zu haben, als er in seiner Fischerhütte Netze flickte.

An einem Samstag versuchte ich, Dolly zu küssen, und hinter ihr schlich ich mich nach dem Nachtessen die Treppe hinauf, ins fremde Zimmer, mit kalten Händen.

»Setz dich aufs Bett«, sagte sie. »Ist es das erste Mal?« Aber dazu lachte sie nicht. Wie ich mich auch erinnere, ich finde kein Lächeln, keinen Spott, auch nicht in der Stimme, denn sie hatte sich ja abgewandt. Wasser lief, sie wusch sich die Hände, es wäre möglich, daß sie gelacht hätte, aber nein, ganz beiläufig hatte sie gefragt, dann nach dem Tuch gegriffen. Sanft glitt sie an meine Seite, und ich vergaß meine Angst, das grelle Deckenlicht blendete nicht mehr, die Drehspiegel und die verstellbaren Stühle verloren ihre Wichtigkeit. Ich war glücklich über uns. Ich sagte: »Darf ich dich ansehen?« Sie stand auf und stellte sich vor mich hin, entspannt, die Hände offen.

»Da«, sagte sie.

»Du bist schön.«

Sie lehnte den Kopf an den Spiegel, die Augen weit offen, wandte sich dann plötzlich mir zu und fragte heiter: »Wollen wir jetzt schlafen?«

Sie schien keine Antwort zu erwarten, richtete auch schon das Bett her. »Im Schrank hat's eine Kerze«, sagte sie. »Ein Notlicht.« Ich fand die Kerze, Zündhölzer dazu, aber die Schwefelköpfe waren feucht und klebten auf der Anreibfläche. Im offenen Rücken eines Porzellanelefanten endlich entdeckte ich brauchbare schwedische Sicherheitshölzer.

Nun brannte die Kerze in Licht und Schatten, ich hielt Dolly fest, spürte ihren warmen Leib und atmete ihren Duft.

Diese Nacht mit Dolly, die einzige Nacht! Denn obwohl sie am nächsten Abend keinen Kunden erwartete, schloß sie sich ein, ließ mich klopfen, rütteln an der Türe, rufen, schreien, sagte nur plötzlich: »Geh weg, du«, – und da, wo ich herkam, kannte ich solche Stimmen: Tonlose Stimmen, Eisen auf Glas, aufgezogener Hammer, fallengelassen in Glas, in Glasscherben, in Glassplitter, in Glasstaub, knirschende Stimmen.

Ich machte mich davon, auf mein Zimmer, in Schnorrers Bett, schlief nicht, lauschte dem Sausen und Zischen, dem Blut, zitternd, wütend, feig, laut atmend im Gefühl, von etwas Formlosem erstickt zu werden. Dolly, ich liebe dich, deine Stimme, Anstaltsstimme, hundertfach erkannt, gedeutet, Glas und Eisen, liebe, was mir an dir Geheimnis ist, liebe deine Berührung, das lichte, flache Kerzendunkel. Wo wirst du sein, wenn ich dich suchen komme! In einem dieser Bordelle, gealtert, erstarrt unter soviel Ungeschicklichkeit, da du die meine nicht ertragen konntest, obwohl du wußtest. und ich werde die Brandnarbe an deinem Hals entdecken und nicht glauben, daß du es sein sollst, werde dich nicht wiederhaben wollen, nicht erkennen wollen, nicht mehr lieben wollen, weil ich dich liebte bis jetzt, wo ich dich fallenlasse, in dieser Sekunde, in der ich es aufschreibe, in der ich dich zu Tode stoße, dein Bild ausrotte und nur die Stimme bewahre, die dich beschwören, aber nicht auferwecken kann; denn ich weiß, daß auch du mich geliebt hast.

Deshalb hätte, was ich hier aufschrieb, verschwiegen werden sollen, damit es nicht doch eines Tages gegen dich zeuge. Nicht, daß ich mich freischreiben will mit diesen Notizen! Man hat uns getrennt. Man hat mich in eine Zelle gesperrt, ins Schwarzweiß der Fliesen gesetzt.

In einem Brief würde ich versuchen, dich den unbeweglichen Dunst atmen zu lassen: Gasgeruch aus undichten Rohren, Dunst aus verrotteten Filzschuhen; ich würde das Licht beschreiben, ein graues, schwindsüchtiges Licht. Doch wozu soll ich dir Briefe schreiben?

Ich werde diesen Bericht erstatten und deine Stimme behalten.

Wenn ich mich auch in den dumpfen Zustand einer gesichtslosen Unschuld zurückversetzen lasse: mit deiner Stimme überlebe ich.

MAN HATTE sich im Haus an mich gewöhnt; die Aufmerksamkeit ließ nach, ich gewann Freiheit.

Madame verschonte mich bald mit Aufträgen, Dis-y wurde wieder, wie früher, von der schwarzhaarigen Dolores, die eine Tochter der Alten hätte sein können, es möglicherweise war, [aus einer frühen, spanischen längst überlebten Ehe], ausgeführt.

Vor mir verkroch sich die Dogge knurrend; aber es dauerte lange, bis ich begriff, daß sie der Angst Ausdruck verlieh, die ihre Meister verbargen.

Die schöne, vornehm-verdorbene Monique, blond und allergisch, verriet sich zuerst, wider Willen, im Rausch. Ein langaufgeschossener, kleingesichtiger Kerl hatte sie an diesem Abend zum Fechten abgeholt; ritterartig trug er ihr beim Nachhausekommen den ledernen Florettsack, verabschiedete sich aber trotzdem schon im Salon.

Ich lag in der Nische des Treppenhauses und beobachtete, wie er den Wagen vom Randstein losriß.

Monique war vor den Spiegel getreten und richtete sich mit knappen Bewegungen die Frisur. Die rote Lederjacke hatte sie achtlos über einen Stuhl geworfen. Auf einmal wandte sie sich um. Ihr Gesicht war eine Maske.

»Ungar«, lallte sie, »bist du da?«

Unsicher ging sie ein paar Schritte, suchte Zigaretten in der Jackentasche, fand keine, stützte sich auf einen Sessel, murmelte: »Geh weg«, trat vor den Spiegel, »geh weg«, tastete sich der Wand entlang, hielt sich an einer tonnenartigen Maschine fest, »geh weg, Claude«, streifte die Schuhe ab, ließ sich zu Boden gleiten.

Claude hatte sie mich genannt: sie fürchtete in mir Schnorrer, den Bruder. Eines Tages kehrt er heim. Die Verwaltung hat ihm ein neues Kleid geschenkt, Fischgratmuster, und die schmutzige Wäsche liegt im Pappkoffer.

Sie veranstalten ein Festessen für den Heimgekehrten, und er wird den kostbarsten Teller fallen lassen. Jede Tag einen Teller. Dann die Tassen. Man beschimpft ihn, man beschwört ihn. Einen Teller.

Man steckt ihm Taschengeld zu. Eine Tasse. Man schließt das Geschirr weg; er bricht den Schrank auf. Monique geht zu ihm auf sein Zimmer und stellt ihn zur Rede. Er schläft mit ihr. Einen Teller. Eine Tasse. Sie reden von mir: wir haben ihm geholfen, deinem Freund.

Haben sie mir geholfen?

Einen Herbst, einen Winter lang bewohnte ich ihr Haus. Sie beachteten mich kaum, ich kam und ging, wie es mir paßte. Gert zwar kannte Jeff und Michel, wußte, daß ich im Moko zu finden war und die Bande führte. Nach Heinis Tod wurde ich verhaftet. Der Ausverkauf hatte eben begonnen, und im Korridor war die billige Ware aufgestapelt worden.

Im März war die Verhandlung. Die Ledermann erschien als Zeugin im Amtshaus; auch Monique wurde geholt. Die Frauen beteuerten, in mir einen geflohenen Ungarn gesehen zu haben. Sie sagten nicht gegen mich aus.

II

»BEGINNEN SIE ganz von vorn«, sagte der Vorsitzende. Im Saal erstarb das Gemurmel; Kopf an Kopf wie beim Fußballmatch saßen die Zuschauer.

»Jede Ihrer Aussagen kann gegen Sie verwendet werden«, sagte er. »Sie stehen unter Eid, Benninger. Das Hohe Gericht verlangt von Ihnen Genauigkeit und rückhaltloses Bekennen. Geständnisbereitschaft gilt als Milderungsgrund.«

Sie verlangten nach dem Plan, den sie als Schlüssel ansahen zu einem mir unbekannten Ganzen. Der Plan stellte eine Folge von wenigen Mustern dar, die sie kennen mußten, um Es zu enträtseln; Es war für sie dieselbe, nur in der Größenordnung veränderte Folge, nach der sie sich und mich richten wollten.

»Der Legende nach«, meine ich gesagt zu haben, »hat meine Mutter mich auf dem Berner Stadtmist, der damals nicht nach Witzwil geschafft wurde, ausgesetzt«, aber schon unterbrach mich ein mit Schwung geführtes Gummihämmerchen, das an der Stelle, an der es das Pult berührte, eine Delle gemacht hatte. Im flach einströmenden Licht blitzte der silberne Stiel auf, wenn der Richter den Arm hob. Ich wurde ermahnt, zur Sache zu kommen.

Zur Sache.

Jenen frühdunklen Vorwintertag in der Jurahütte beschreiben. Esther in der Ecke, über den Ofen gebeugt. Jetzt versucht sie, eine Meta-Tablette anzuzünden. Das Zündholz flackert. Dunkelheit kehrt zurück. Wieder höre ich das trockene Geräusch eines Schwefelkopfes auf der Anreißfläche, und plötzlich flackern Esthers Haare dunkel und schattenwerfend in ihr Gesicht und an die Wand. Helleres Licht ist da, entfernt sich, gleitet in den Ofenschacht. Gefrorener Regen rauscht am Fenster. Ihre Worte fließen, lösen sich auf, sie spricht vor sich hin, legt den Kopf zurück, »Hamlet, wir spielten Hamlet, ja, ich war dabei, ich sah das Kind mit eigenen Augen, verstehst du, daß ich die Schauspielschule aufgeben mußte, nachdem das geschehen war?«

Sie erhebt sich, legt die Hände auf den Ofen.

»Mir war's, als hätte uns jemand plötzlich in ein anderes Verhältnis zur Sonne gebracht. In einem Nu war das Geschehen auf der Bühne der Regie entglitten; aber vielleicht schien uns das bloß so, hatten sich kleine Veränderungen, von keinem beachtet, längst vollzogen, und an diesem Abend begann das Stück sein Eigenleben, das sich unserer Einflußnahme endgültig entzog?

Unter ihren Händen duckt sich der Ofen.

»Die Worte, die die Krise auslösten, lauteten: Aber dennoch glaub ich, der Ursprung und Beginn von seinem Gram sei unerhörte Liebe.

Da trat, zum erstenmal, das Kind aus den Kulissen.

Unruhe erfaßte die Spieler im Schloßzimmer. Das Gefolge des Königs tuschelte. Mit tadelloser Aussprache redete die Königin ins offene, bewegte Theaterdunkel hinaus folgendermaßen:

> Ich weiß gewiß, es gibt nicht andre zwei,
> An denen er so hängt. Wenn's euch beliebt,
> Uns so viel guten Willen zu erweisen,
> Daß ihr bei uns hier eine Weile zubringt

Zu unsrer Hoffnung Vorschub und Gewinn,
So wollen wir euch den Besuch belohnen,
Wie es…

Wieder erschien das Kind zwischen den Vorhängen. Es überquerte die Bühne ohne sich umzusehen, ein kleines Mädchen mit Zöpfen, in weißen Strümpfen; am Rücken trug es den klappernden Tornister.

Einen Augenblick lang waren die Gesichter der verwirrten Hausdiener sichtbar, doch schon trat, in rühmenswerter Geistesgegenwart, Polonius vor, einen Brief in der Hand, laut lesend:

An die himmlische und den Abgott meiner Seele,
die liebreizende Ophelia,

las er. Und mit einem bedeutsamen Blick das Dunkel ins Auge fassend, fügte er bei:

Das ist eine schlechte Redensart, eine gemeine Redensart; ›liebreizend‹ ist eine gemeine Redensart. Aber hört nur weiter: An ihren trefflichen Busen diese Zeilen, und so weiter.

Die Königin hatte sich gefaßt. Polonius las:

O liebe Ophelia, es gelingt mir schlecht mit dem Silbenmaß; ich besitze die Kunst nicht, meine Seufzer zu messen, aber daß ich dich bestens liebe, o Allerbeste, das glaube mir. Leb wohl! Der Deinige auf ewig, teuerstes Fräulein, solange diese Maschine ihm zugehört. Hinter einer Säule hervor trat das Kind. In seinem Ranzen hüpften harte Gegenstände auf und ab.

Das Publikum raste, und die Feuerwehr besetzte die Bühne!«

Plötzlich bricht ihre Rede ab; ein kleines, seufzendes Schlucken noch, dann Schweigen.

In mir bewegt es sich fort, Sehnsucht nach einer fließenden Straße, die durch ungeheure Städte führt und in schlaflosen Vorortvierteln endet.

Esther kauert jetzt am Heizkörper, Schatten in den Schatten. Im verrußten Ofenfenster blakt Feuer. Unsicherer Flammenschein spiegelt sich im Glasgitter, und das Rohr dehnt sich in der ersten Hitze. Am Fenster rauscht Eis. Windlärm kommt auf, später das Motorengeräusch schwerer Militärfahrzeuge.

Hämmernd unterbrach mich der Unparteiische.

Zur Sache.

Sie lügen.

Mann und Frau allein in einer Jurahütte. Sie wollen uns weismachen.

Frechheit. Die Schweiz besudeln.

Fahren Sie weiter.

Sie lügen.

Zur Sache.

Der Zeuge L. behauptet das Gegenteil.

Der Zeuge L. wird ihrem Gedächtnis nachhelfen.

Sie lügen.

Nach Protokoll waren Sie angetrunken.

Die Akten, bitte.

F. hat Sie heute morgen schwer belastet; aber Zeugin R. weiß von nichts.

Stimmt es, daß.

Weshalb nicht, wenn doch.

Nichtsdestoweniger umständehalber.

Herr N. zeigt auf, daß Ihr Anliegen.

Sie lügen.

»Fahren Sie weiter.«

Die Bande verraten, die mich aufnahm, als Ralph noch

da war, Ralph, den in Saloniki ein Mechaniker den Behörden auslieferte, nachdem er in einer Radkappe Golduhren gefunden hatte.

Heini verraten, dessen Tod uns im Februar der Polizei verdächtig machte.

Von Jeff reden.

»Sie lügen!« rief der Staatsanwalt außer sich.

»Sie unterziehen sich nicht in tätiger Reue! Sie kämpfen gegen uns!«

Staunend standen die Richter auf dem absackenden Deck.

»Wir begreifen Sie nicht.

Es ist uns ein Rätsel.«

Die Welt verstellt sich vor ihnen. Wo eben noch eine Seitenstraße einmündete, starren Mauern. Die fröhliche Gartenmusik hat sich zum Hinterhof aufgeöst.

Blitzend stieg der Hammer auf und fiel in die Delle.

»Es war Ende September«, sagte ich. »Sie wissen, die Möwen kehren zurück, bekleckern Außenmauern und Bassingeländer; im Strandbad räumen die Stadtgärtner Blumenbeete ab.«

Der Unparteiische lehnte sich zurück und gähnte. Im Saal gähnten Leute. Der Polizist neben mir gähnte. Er roch schlecht aus dem Mund.

»Ich hatte mich im Wald herumgetrieben und kam erst gegen abend in die Stadt; in den Häusern war viel Licht an diesem Abend. Dann suchte ich den Spielsalon auf.«

Der Verteidiger nickte versöhnt. Seine Miene veränderte sich; auf einmal lächelte er.

Beschwörend hob er beide Hände. Die schwarzen Ärmel seiner Robe öffneten sich. Die Hände waren weiß, ringlos, leicht gebogen, so, als umschlössen sie eine unsagbar zarte Kugel, die er jetzt aufgehoben hatte und zeigte.

Doch in dem Augenblick der Erstarrung veränderte sich das Bild. Ein Windstoß fegte den Fotografen durch den Saal. Schlingernd neigte sich das Haus. An den Wänden festgekrallt hingen Menschen, schreiende, riesige Schwalben.

Entsetzen packte die Richter. Sie warfen sich zu Boden, verwuchsen mit den versiegelten Riemen, erstickten im Holz, die Hände im Nacken gefaltet. Über ihnen bewegte sich die Decke in feinen Rissen. Dunkle Zeichen erhellten den Gips, warfen sich auf an den Rändern, klafften. In sanften Detonationen zersprangen die Fenster.

In den Trümmern zerblätterte sich ein leeres Stenogrammheft.

B. LIEGT oben auf seinem Zimmer. Seine Sehstörungen haben sich verschlimmert. Er hat aber, um mit mir in Kontakt zu bleiben, das Zentralheizungsrohr ansägen und ein Stück davon entfernen lassen. Tagsüber und oft auch nachts dröhnt seine Stimme im Heizkörper. Damals, als man mich nach dem Prozeß in die Strafanstalt zurückschaffte, hätte ich so viel Anteilnahme nicht erwartet.

Der Haß, der dem Zerstörer eines Mythos sicher ist, traf mich. Zurückgekehrt an die Stätte, an der ich schon zur Legende geworden war, vernichtete ich die Wunschträume der Sträflinge. Trosthungrig hatten sie sich ein Bild von meiner Flucht gemacht: ich war der eine, die Ausnahme, der Held, der die Freiheit erlangt hatte. Ich wurde zur Sage ihrer eigenen Größe, zum Maß ihres eigenen Widerstands.

Schweigend standen sie in der Halle, zwei starre Reihen, ausgerichtet auf den schwarz weißen Fliesen, kahl geschoren und mit blinden Augen. Wie immer lärmte die Standuhr ins Leere. Es verging keine Zeit, nur die Gerte schabte den Verwalterstiefel. Vor dem Stuhl zeigte der weiße Marmor zwei glanzlose Stellen; über die Fuge hinaus zog sich der rote Fleck ins Schwarz.

In Sträflingskleidern, mit einer Nummer versehen, trat ich in die Reihe zurück. Die alte Lücke, so lange ausgespart, schloß sich wieder.

Ich wurde in die Einzelzelle versetzt, die ich auch heute noch bewohne. Später kam B. und überbrachte mir den Befehl der Direktion, die Strafarbeit zu schreiben.

Die Stimme im Ofen sagt: ich möchte wissen, was du mir wieder verschweigst. Deine Ablenkungsmanöver sind leicht zu durchschauen. Wie war das mit dem Spielsalon –

Im Spielsalon lernte ich Jeff kennen.

Wer ist Jeff?

Er spielte an einem Automaten, der den Namen ›Gottlieb's Falstaff‹ trägt. Auf dem Glas lagen seine Armbanduhr, seine Zigaretten und ein Feuerzeug. Wir hatten eine ähnliche Technik, bloß daß er die Arme abwinkelte, während ich sie gestreckt hielt, um den Kasten mit dem Körper nicht zu berühren.

Manchmal grüßte er einen der eintretenden Burschen; aber keiner grüßte zurück, bis auf Ralph.

Ein Neuer, sagte Jeff.

Ich hatte die Kugel verloren. Ralph beachtete mich nicht. Er verfolgte Jeffs Spiel.

Du wirst dir ein TILT herauswirtschaften, wenn du nicht vorsichtiger bist, sagte er.

Leicht und rasch führte er eine Zigarette zum Mund, setzte die Flamme an, und unter dem Schnurrbart bewegten sich kaum seine Lippen, als er sagte: Bring ihn heute mit.

Nein, Jeff zu beschreiben hält nicht schwer. Er litt an Migräne und liebte es, wenn ich ihn an solchen Tagen zu Hause besuchte. In Kleidern und Schuhen lag er auf dem Bett, hatte sich ein feuchtes Taschentuch auf die Stirn gelegt und trank aus einem blechernen Topf kalten Kaffee.

Ich denke an die Kadettenübungen, die wir als Schüler jeden Donnerstag zu erfüllen hatten, sagte er einmal.

Turnen, Musik, Marsch durch die Stadt: ich ging nie hin.

Die Krampfadern an den Beinen der Lehrer habe ich nicht gesehen; doch erinnere ich mich an die Wälder, an die Lichtungen, in die man zurückkehren will, um die Beeren zu holen, die jetzt noch grün am Stiel hängen. Lichtungen, die man nie mehr findet.

Harz kocht, Tannen duften. Der Wald nimmt dich auf. Geräusche täuschen dich. Zwischen dunklen Stämmen steht unbeweglich ein Gesicht. Dort wachsen Eiben, zeigte ich mir. Und vorsichtig blickte ich mich nach einem Höhlenlöwen um. Unter den Eiben lag ein flacher Findling aus grobem Granit.

Ich holte ein Messer aus der Tasche.

Ich bin der Druide, sagte ich.

Ich werde opfern.

Unterm Geröll im Moos fanden sich Schnecken und Würmer. Feierlich zerschnitt ich zuckendes Fleisch. Ich wuchs über die Agonie hinaus, wuchs in unermeßliche Höhe. Ich, der Mensch. Nicht mehr erreichbar.

Einmal schaute ich auf; seither scheint mir, ich mache die Bewegung immer wieder. Ich schloß die Augen vor dem wirbelnden Brand zwischen den Gipfeln, dem lichtüberlasteten Himmel. Unter meinen Händen verzuckte das Leben.

An jenem Abend, als ich ihn im Spielsalon traf, trug Jeff die Sonnenbrille nicht.

Nachlässig schlenderte er an den knallenden, ratternden Kasten vorüber zur Kasse, während ich bei ›Falstaff‹ Wache stand. Im Wind der beiden Ventilatoren über ihm bewegte sich das Schild: Bei TILT keine Reklamationen. Die kreisenden Flügel zerfetzten die kompakte Musik in den Lautsprechern. Während Jeff Kleingeld eintauschte, spielte ein Reflex in seinem kurzgeschorenen, schwarzen Haar, und wie er sich umwandte, war sein Gesicht pistaziengrün. Im nächsten Spiel verlor ich alle Kugeln, ohne auch nur einmal die Zwölfhundert-Punkt-Grenze erreicht zu haben.

Die Uhr über der Tür ging nach. Die seine auf dem Glastisch zeigte fünf nach neun.

»Es ist Zeit«, sagte er. »Gehen wir.«

Ich folgte ihm, die Hände in den Jackentaschen, durch nieselnde, neblige Kälte, plötzlich verdrossen. Er führte mich durch die vertraute Altstadt, bevor wir in unbekannte Villenviertel vorstießen. Wir bewegten uns dicht an Thuja- und Buchsbaumhecken, streiften hin und wieder den Lichtkreis einer schaukelnden Laterne, wurden von kleinen weiblichen Bäumen mit nachgiebigen Schatten begleitet.

Auf einmal waren wir da.

Jeff pfiff die Gillespie-Melodie zu Salt-peanuts.

Auf ihrem Piedestal, hoch über uns, schwebten mit erhobenen Füllhörnern zwei gipserne Putten, als sollten sie beim Abflug porträtiert werden. Aus einem Oleandergebüsch kam der Pfiff zurück.

Wir gingen auf unkrautüberwachsenen Parkwegen durch riesenhafte Flächen verfaulter Rosen. Zwischen Eiben und Blautannen lag die Garage, daran angebaut ein kleines Schloß, dessen Fenster und Türen mit Balken verbarrikadiert waren.

»Die Garage ist es«, sagte Jeff, und jetzt entdeckte ich Licht in einer Ritze.

Drinnen knieten Mädchen vor einer halbdürren Blattpflanze. Auf dem Bett lagen vier Jungen und ein Algerier. Über ihnen hing ein rostiges Schirmskelett; in seine Rippen geknüpft waren die starke Lampe, zwei Holzperlenketten und eine ausgestopfte Ratte. Ein Mann von gespensterhafter Magerkeit tanzte schwankend in der Mitte des Raumes. Loulou spielte mit Boule und Michel Karten, aber Ralph war nicht da.

»Paßt auf, ihr da«, sagte Jeff, »ich bringe einen neuen Mann mit. Ralph bürgt für ihn, er hat keinen Namen, kommt von Nirgendwoher und befindet sich auf der Durchreise.«

»Nimm Platz«, sagte Heini, und Claude setzte sich zu mir an den Tisch, hatte ein Glas für mich gewaschen, goß Wein ein.

»Vor einem Jahr war ich in Losone«, sagte er, »in der Rekrutenschule.«

Esther, das Gesicht auf Heinis Arm, hob, ohne hinzusehen, die Platte ab, durchbrach den hellen Lichtkreis des Grammophons mit dem silbernen Klirren ihrer Spangen und setzte die Nadel an der richtigen Stelle wieder ein.

»Meinen Händen sieht man es nicht mehr an«, sagte Claude, der die Hand Esthers beobachtete.

»Ich war Hilfsschütze und hatte das LMG in Stellung zu bringen. Die Hügel im Tessin sind von Ginstergestrüpp überwuchert, und schließlich waren meine Hände nur noch zum Schießen gut. Als wir am Ende der Manöver nach Stabio verlegt wurden, lag ich in den selbstgegrabenen Löchern unter unsern Tarnnetzen nächtelang wach, weil die Wunden sich entzündet hatten. Ich fror nie. Es waren windstille, sanfte Oktobernächte. Um Mitternacht fing es an zu regnen, und es regnete immer bis drei Uhr morgens; in der Morgendämmerung sah man dann die Jäger durch weißen, kniehohen Nebel kommen. Sie jagten auf Hasen.«

Ich verbrachte den ganzen Vormittag mit Jeff auf der Moko-Terrasse. An der Fassade des gegenüberliegenden Hauses bauschte sich die Sackleinwand im Westwind.

»Ein Schiff«, sagte Jeff.

Blaugekleidete Maler standen im Gerüst, und unter ihren flinken Berührungen verwandelte sich das unbedeckte Mauerstück zu einer starren, weißen Wunde.

»Amerika sehen.

Ein Abend in New York.

Die dröhnende Stadt. Häuser in später Glut.

Flugzeugperspektive.«

Wir aßen heiße Würstchen und fuhren dann zu Boule hinaus.

Die andern waren schon da.

Sie umringten den alten Mercedes, die Hände in den Taschen, und begutachteten Boules Arbeit. Ich bemühte mich, nirgends anzustoßen. Bretter, Kisten, Boden und Wände waren von einer gleichmäßigen, borkigen Fettschicht überzogen. Boule hatte den kleinen Vorstadtschopf nur eingerichtet, weil seine Schwester, [eine Katholikin aus Bulle], die Werkstatt für ihn von einem bankerotten Vergolder übernahm, als Plaqué aus der Mode gekommen war.

»Zweitausend Stück unterm Dach«, erklärte Boule. »Loulou, die Zigarette.« Loulou fluchte, ließ die Gauloise fallen und schob sie mit dem Fuß in den Ölabscheider.

»Je dreihundert in den Radkappen«, sagte Boule. »Das war schwierig. Ich mußte die Originalschrauben durch zurechtgefeilte Stifte ersetzen.«

Er hatte den Wagen umgebaut und die fünftausend goldenen Uhren verstaut. Sie waren für den Nahen Osten bestimmt, und Ralph hatte die Verantwortung für Transport und Auslieferung übernommen.

»Tausendzweihundert in den Rücksitzpolstern«, sagte Boule.

Loulou hatte sich ans Steuer gesetzt. Jetzt ließ er die Kupplung fahren und brauste davon. Nach drei oder vier Fehlzündungen lief der Motor ruhig; aber schon wurden überall Fenster aufgerissen und jemand warf eine Schallplatte in den Hof hinunter.

Boule rief Loulou zurück. Wir mußten vorsichtig sein. Die Reise war sorgfältig vorbereitet worden. Unter den Wagenpapieren befand sich ein Presseausweis des Bieler Tagblatts.

Im Moko saßen Michel, Ralph und die beiden Uhrenlieferanten.

Wir setzten uns an einen andern Tisch.

Die Samstagnachmittagskundschaft füllte das Lokal. Lauter als sonst gaben Roger und Fredy ihre Bestellungen auf. Der Patron beschwatzte Mädchen und reiche Damen, wenn er nicht gerade Tische umgruppieren oder Aschenbehälter leeren ließ. Kinder schrien und verstellten den Weg.

Die Azoren hatten ein zweites Hoch ausgebrütet.

»Ich geh jetzt«, sagte Jeff. »Soll ich dich irgendwo absetzen?«

Das war eine reine Höflichkeitsfrage.

Ich sah, wie er im schwappenden Gewühl untertauchte. Über mir hing eine einzelne Stimme: Madame Thiébaud, au téléphone, Madame Thiébaud. Die Ladenschlußmeute stieg einem üblen Witz nach. Den Tischen sprossen Gliedmaßen, Beine in seidenen Strümpfen, bewegliche Hände. Unaufhörlich sprudelte Musik aus dem Lautsprecher. Das M über der offenen Glastür regte die Flügel. Die O schob sich zweimal ins Wort. Ihr stellte sich in großer Angriffsgebärde ein K entgegen. MOKO.

Nach Einbruch der Nacht drehte der Wind auf Nordwest zurück, und plötzlich war Oktober. In der Straße verteidigten sich Regenschirme. MOKO, ein Reklamewort, glühte im Regen.

Das Moko war leer.

B. behauptet: das Moko ist sonntags geschlossen.

Doch Jean, der Hilfskellner, lehnte sich in seine Zeitung, Piccolo trug die richtigen Toto-Ergebnisse in sein Wachstuchheft ein; wie immer am Sonntag war der Patron ins Kino gegangen. Oben schliefen seine beiden

Jungen, von der deutschen Volontärin bewacht. Die Diele knackte, wenn die Volontärin durchs Zimmer ging.

Blinzelnd hob der Büchsenbiertrinker den Kopf, sah, daß sich der Schankbursche mit der Ledermanschette an seinem Handgelenk beschäftigte, hörte das Summen der Kaffeemaschine und war beruhigt, nachdem er auch mich mit einem Blick gestreift hatte.

»Garçon«, rief die Frau in der Ecke hinterm Vorhang. Die Stimme füllte das leere Lokal, versetzte die Wände in Schwingung: »Garçon!«

Jean holte ihr die Zeitung, gab die Bestellung auf, überlaut: »Un mocca-crème, un«, stellte auf dem Tablett zusammen, was er benötigte, nahm die Tasse unterm zischenden Hahn weg, griff in die Zuckerdose und verschwand hinter dem Vorhang. Als er wieder erschien, warf er ein Zweifrankenstück in die Höhe, fing's mit der Stirn auf, warf es wieder, fing's mit dem Kinn auf, ließ es in den Jackenärmel gleiten und streckte den Unterarm; es lag auf seiner Hand. Jean nickte mir zu und drehte sich auf dem Absatz zur Theke. Er zeigte einen weiß gestärkten Rücken. Im Haar standen nackt die von Geheimnissen traurigen Ohren.

Ralph war jetzt unterwegs. Vielleicht hatte er das Mädchen vom Theater mitgenommen und eine Hochzeitsreise vorgetäuscht.

Morgen wird er bei St. Julien den Grenzübertritt wagen. Das Internationale Flugrallye in Genf zieht viele Ausländer an. Der Herflug zählt bereits zur Konkurrenz, die Landezeit wird auf die Sekunde gestoppt.

Danach kann er sich richten, um Zollschwierigkeiten zu vermeiden.

»Gut gebaut«, sagte Claude.

Er hatte uns zu sich nach Hause eingeladen, zur Première, wie er sagte, denn Boulanger hatte uns im Film aufgenommen, als wir schwarze Karten zu den Boxmeisterschaften verkauften.

Die Scheibe am Fernsehgerät erhellte sich.

Aus vier Kanälen wanden sich Autoschlangen; am Platz ergab sich die Verkehrsordnung von selbst.

Um diese Aufnahme zu bewerkstelligen, hatte Boulanger einen Helikopter benutzt.

Der Text überrollte uns. Ein Schwenker nur, und wir waren im Bild.

Eine Karte der Herr.

Italien–Schweiz, mit Amateur-Vorkämpfen.

Spezialpreis für Sie.

Wir haben Auftrag, da, die Genehmigung des Boxklubs.

Krummrückige Plakatträger, mit Schriftpaketen behängt, zogen vorüber. Die Kamera verfolgte Mädchen auf hohen Stilettoschuhen, blieb an Männern in Fischgratmänteln haften, die in der Erinnerung nach Ammoniak rochen. Träge auf ihrer selbstgerollten Zigarrette kauend, schätzten sie uns ab; ihre Augen schienen zu phosphoreszieren.

Woher habt ihr Kerle euch Karten beschafft.

Überpreis, wie, pfui, schmutzige Pfote, Junge, wenn ich dein Vater wäre.

Boulanger veränderte die Einstellung, er schmolz die Gestalten zu einer kompakten Masse ein, die an den Gittern der Kassen in vorgezeichnete Bahnen gelenkt wurde, Farbwerfer rissen die Fassade in Grautöne auf, Rauch am Kamin suggerierte Gerüche.

Plötzlich stand Jeff im Bild, Großaufnahme.

Er suchte sich seine Kundschaft am Parkplatz und wartete, bis ihn die Fremden ansprachen. Nein, sagte er, da sei nichts mehr zu machen, zu spät, er bedaure. Ob sie aus Paris kämen, sie hätten den bestimmten, unverwechselbaren Tonfall. Dann wolle er doch noch versuchen. Wenn sie vielleicht warten mochten?

Langsam ging er weg, verschwand im nächsten Toreingang, rauchte eine Zigarette, kehrte zurück, die Karten in der Hand, von Boulanger mit dem Apparat verfolgt. Gelangweilt nahm er den Geldschein entgegen, steckte ihn lässig in die Tasche, während die Fremden davoneilten.

Boulanger schob ihn sachte an den Rand der Mattscheibe, er gewann Hintergrund und Atmosphäre. Man ahnte anthrazitfarbene Alleebäume, pflaumenblauen Nebel, Menschen, die auf Hunden ritten.

Ich sah auf einmal, wie das Bild sich teilte und sich auf diesem zufällig mitgenommenen Hintergrund der Cité-Marie Jeffs Schicksal zu erkennen gab. Kleines Zimmer in einem Mietshaus in der vierten Etage. Draußen Schüsse, erster August, im Haus graues Licht, ein schwimmender Kleiderschrank, ein Waschtisch, die auf Eiche gebeizte Kommode, das Bett. Auf dem Tisch Medikamente, eine gelbe Schüssel, an der Wand zwei Farbdrucke, Uhrzeit: 16.35. Am Vormittag hätte jemand kommen sollen, der Arzt vielleicht; er ist nicht gekommen. Die Zimmervermieterin hat sich zu ihrer Schwester begeben. Seit gestern ist niemand mehr hier eingetreten; deshalb sind auch die Fenster geschlossen. Im Anfang, als die Krankheit eben begonnen hatte, ließest Du die Fenster offenstehen, warst überempfindlich auf Gerüche, rochst an den Bettlaken, mißtrauisch. Du wußtest, was die Nachbarn kochten. Damals hattest Du Schmerzen. Nachts nur warst Du wirklich befreit, wenn die Wände fielen. Jetzt, weil Du aufgegeben hast, sind die Schmerzen vorüber und die Fenster zu. Die Sterne siehst Du nicht mehr, doch weißt Du: Orion erscheint erst gegen Morgen, Venus steht strahlend in Mondnähe, in Südwest fliegt der Schwan.

Du hast die Welt besessen. Dein Kinn legt davon Zeugnis ab. Es ist kräftig geblieben unter der spröden Haut. Die Nase ragt blutleer aus einem eingefallenen Gesicht hervor, hat keinen Zusammenhang mit der Stirn, deren Runzeln geglättet sind, weil die Kopfhaut sich spannt und Dein Haar sich sträubt. Von Deinen hellen Augen weiß ich nichts zu sagen. Sie sind ohne Blick, unter einem Glanz verborgen, den ich nur einmal in meinem Leben schon gesehen habe. Bei einem Metzger, der sein Schwein in der Mittagsstunde mit Fußtritten zum Bahnhof von Jegenstorf trieb.

Du stelltest Dir vor, eines Tages besuchte Dich jemand, der Erklärungen von sich geben würde. Denn wer Dich kannte, hatte das Gefühl, Du seist begabt, es bedürfe bloß einer kurzen Entwicklung, die Dich Deinen Weg finden ließe.

Du wußtest, daß es nicht so war. Du gabst keine Versprechen ab.

Man nahm es Dir übel.

Was sahen die andern?

Sie ahnten anthrazitfarbenen Nebel, pflaumenblaue Alleebäume. Die schwingenden Linien und Wellen kamen zur Deckung.

»Eine Störung«, sagte Jeff.

Claude drehte an den Knöpfen.

Die Tore hatten sich geöffnet. Über den Platz ergoß sich ein ununterbrochener Strom, an strahlenden Fenstern flatterten die Fahnen der Nationen. Mit heißen Lichtfontänen aus sechzig Reflektoren blendete sich die zweite Kamera im Saal ein, hob die rechteckigen, hufeisenförmig angeordneten Tische, an denen die Kampfrichter saßen, aus dem Dunkel, ging in Panorama über, zeigte die flutende Arena, hielt helmblitzende Feuerwehrleute fest, die wie Motten aus den Vorhängen fielen und folgte langsam der der Wand entlang wandernden Jahresliste des Ring-Magazins.

Klassierungen des Professional Sports. Seltsame, exotische Namen: Chic Calderwood, Gene Fulmer, Gracieux Lamperti, Sugar Ramos, Eder Jofre, Sadao Yaoita, Pone Kingpetsch.

Gesang erfüllt die Halle, grausam schlichte Ironie, Landeshymnen. Boulanger hatte die Kamera an die Hand genommen, er filmte die einziehende Prozession. In Dreierreihen kamen die Boxer herab, in tiefer Versenkung, die Hände vor die Brust geschlagen, so, als gingen sie durch fallenden Schnee. Pfleger peitschten sie vorwärts, kontrapunktisch klug gezeigt. Wütend schwangen sie ihre Tücher.

Plötzlich war das Licht weg. Aus dem Dunkel schwebte der Ring herauf, unwirklich. Ein Gongschlag zog Wellen. Eine Stimme breitete sich aus: Schwander, Pause, Atemholen, contra Beuchat. Achtundvierzig Kilo fünfhundert, Atem, Pause, neunundvierzig Kilo. Pause, Pause, Pause, Soigneurs dehors, Pause, Ring frei.

Die Richter erschienen in Nahaufnahme.

Dann, verspätet, aus dem Dunkel Blumensträuße. Die

beiden Boxer, lächelnd, den Gebißschutz im Maul, legten sich die verpackten Pranken um die Schulter, standen eine Sekunde unbeweglich, warfen gleichzeitig die Blumen in irgendwelche unsichtbaren Brauthände.

Beschwörende Brandung antwortete aus dem Dunkel, von Zurufen nur unterbrochen, wenn ein Schlag gut gegeben wurde oder genommen. Boulanger ließ sich keine Phase des Kampfes entgehen, gab auch die Geräusche wieder, filmte die wirbelnden Beine, denen sich der Körper zu widersetzen schien und zeigte Fäuste und Getroffene nicht gemeinsam.

Beuchat siegte nach Punkten. Schwander lag auf seinem Hocker, hatte das blutige Gummigebiß ausgespuckt, schickte den Pfleger weg.

Das Publikum brüllte angesichts dieser Orgie des Schmerzes.

»Ruhig«, sagte Heini. »Da klopft einer an die Türe.«

Claude zeigte auf die gobelinbespannte Wand.

»Die Großmutter«, sagte er. »Ich habe sie eingeschlossen.«

»Ist sie krank?« Esther fragte beklommen.

»Sie stirbt bald«, sagte Claude.

»Vielleicht müßte sie.«

»Sie hat ihren Nachttopf«, unterbrach Claude grob.

Giulio, jubelten die Italiener im Fernsehkasten. Carera, das Halbschwergewicht, betrat den Ring. Sein Sparringspartner, ein Neger, begleitete ihn. Carera hob die Hand. Nahaufnahme: das Gesicht, die Nase scharf vorspringend, ungebrochen. Überblendung. Der Gegner wurde gezeigt, Lissner, europäischer Titelverteidiger seit vier Jahren. Flaches Gesicht. Ein Rücken, der harmonisch zum mächtigen Nacken anstieg.

Zögernd setzte Applaus ein. Lissner winkte mit der Linken, füllte das Bild. Der Applaus nahm zu, schwoll zur Ovation an.

Lissner wandte sich ab, ließ sich die Handschuhe binden. Immer wieder mußten die Knoten gelöst und neu geknüpft werden.

Dann zogen sich die Pfleger in die optische Verkürzung zurück.

Lissner gab rechte Haken, nur rechte Haken, sehr tief, knapp über dem Gürtel. Carera hielt sich in beweglicher Deckung. Er wußte, daß Lissner Nackenschläge anzubringen versuchte, die eben noch erlaubt waren. Er verlor Raum, er umarmte den Gegner.

Boulanger zeigte, wie sie sich lösten, Halbtotale, das Ringseil in der Bildmitte. Lissner hatte die zweite Runde für sich entschieden. Breit lag er auf dem Hocker und ließ sich die Beine massieren.

Carera hatte sich nicht gesetzt. Der Neger behandelte seine Lenden, die Lebergegend und sprach leise auf ihn ein: Negerstimme, weich schwingend, Ammenstimme, Schlafstimme. Sorgfältig setzte er ihm das Gebiß ein.

Wieder brachte Lissner Haken an, scharf zuckende Entladungen, deren Wirkung nicht zu erkennen war. Dann überraschend die erste Gerade links, gezielt, traf aber nicht Careras Kinn, sondern seinen federnden Arm. Das Telefon schellte, Claude stand fluchend auf, und sogleich begann die Großmutter wieder zu klopfen.

Lissners Schläge gingen ins Leere, die alte Frau klopfte stärker, der Kasten bebte auf dem ausschwenkbaren Tisch, unheimlich fuhr die Faust des Europameisters durch die Scheibe, unscharf im Glas abgekrümmt.

Ja, ja, sagte Claude, Lissner lag in der Ecke, die dritte Runde hatte unentschieden geendet, eine Beine wurden mit Kampfer massiert, während der Neger Carera Vorgekautes in den Mund schob, die Gobelinwände zeigten eine unendliche Wiederholung der kaiserlichen Lilie, waren da und dort durch elektrische Beleuchtungskörper unterbrochen, Carera schluckte. Er blutete an der linken Schläfe.

Mit dem Gongschlag eröffnete er den Angriff. Er hatte den Plan des Negers übernommen, gewann sein Feld zurück, behandelte Lissners Herzgrube mit kurzen Direkten. Lissners Gesicht platzte. Boulanger hatte zu tun.

In der Lampenkoordinate der technischen Mannschaft schrumpfte Lissner zusammen und glitt zurück. Das Toben der Menge erreichte ihn nicht mehr.

Im Ring, dem heißen Scheinwerferatem ausgesetzt, stand Carera, der beraubte Sieger. Im Hintergrund funkelte das Negergebiß.

Claude, unter der Tür, sagte: »Ralph ist in Saloniki gefaßt worden. Die Stifte in den Radkappen hielten nicht. Ein Mechaniker hat ihn verraten. Roger rief eben an, es stehe so in der Zeitung und sei durch Aufnahmen belegt. Ralph trägt Handschellen; fünf Jahre Zuchthaus. Fünf Jahre Skorpione.«

»Sie werden kommen«, sagte Jeff. »Instinkt, das ist es.«

Wir saßen im Moko. Der Schankbursche packte, wie jeden Freitag in der stillen Zeit nach Zwei, gerösteten Kaffee in vergoldete Säcke.

Fredy döste an der Theke, gegen Sicht gedeckt. Von

Zeit zu Zeit quoll aus dem Geschirrhaufen eine fransige Rauchsträhne.

»Sie werden kommen, und du wirst als Bandenchef gewählt werden.«

Fredy brachte die Gläser.

»Und«, sagte er, »habt ihr etwas unternommen?«

»Wir senden erst einmal das Geld für den Advokaten nach Saloniki«, sagte Jeff. »Und wir brauchen einen neuen Obmann.«

Fredy nickte, kippte den Aschebehälter aufs Tablett und zog sich zurück.

»Dumm ist die Sache mit Boule und Michel«, sagte Jeff. Er hatte sich hinter einer Zeitung verkrochen.

An der Theke zerhackte der Chauffeur die in Tücher eingewickelten Eisstücke. Jeff übersah meinen Blick auf die Uhr.

»Sie werden kommen«, sagte er.

»Aber Boule«, erinnerte ich ihn.

Boule hatte das Autogewerbe endgültig aufgegeben. Er nannte sich jetzt Schatzgräber. Keine Biber, nicht Gold oder Chinchillas, kein Amber, keine roten Gorillas, kein Öl. Boule stellte sich vor Schreibtische aus Rosenholz, Teak, Mahagoni.

Michel sagte: Du glaubst an den Mann hinterm Schreibtisch. Siehst du nicht sein Herkommen, seine Ordnung, seinen Urwald?

Boule war jähzornig. Er war aufgestanden und hatte die metallene Siphonflasche ins Glas des Aquariums geworfen. Sekundenlang spiegelten sich die Hochhäuser in grotesker Perspektive; überall am Boden hüpften sich Fische zu Tode.

Wir hatten Kenntnis davon erhalten, daß sich Boule an

Ralphs Unglück schuldig fühlte; aber wir wußten nicht, daß er eine Möglichkeit suchte zu sühnen.

Bald darauf zog er fort, und später hörten wir, er sei im Berner Jura, in der Nähe von Tramelan, von einem Zug erfaßt worden.

»Man wird dich wählen«, beharrte Jeff. »Wie wirst du dich verhalten?«

Schon hatten sich die Leute eingefunden, die im Odéon ihren Stammsitz hatten: ein buckliger, stets hilfsbereiter Maler, zwei Lehrer in amerikanischen Armeemänteln, drei oder vier Kaufleute, Grafiker und ein Drogeriebesitzer.

»Ich habe meine Freiheit zu verlieren«, sagte ich, »aber ich glaube nicht, daß diese persönliche Konstellation Mißerfolge nach sich ziehen muß.«

»Du bist feige.«

»Ja.«

»Man wird dich wählen. Lermite rief an; der Algerier muß weitergeschafft werden.«

»Wenn Boule uns verraten hat, wenn die Grenzübergänge nicht mehr sicher sind?«

Ich dachte an die Jurahütte, an Esthers Liebe, an das trockene Flußbett in der Klus. Früher war hier Gold gewaschen worden, dann hatte eine Eisengießerei ihren Hochofen eingerichtet, und heute, da der Fluß eine neue Schleuse nicht überlebt hatte, blieben Ruinen, Trümmer, Rost. Im Dorf spielten zerlumpte Kinder, Kreide in den Händen, spielten Himmel und Hölle, spielten Räuber, zählten ab, wer Gangster war und wer Gendarm, eins zwei drei und du bist frei.

Heini im abgetragenen Mantel schob sich durch die Türe; ein fremdes Mädchen folgte ihm.

»Lo«, sagte er, »aus Düsseldorf.«
»Nein doch«, sagte sie, »aus Karlsruhe.«
»Das ist dasselbe.«
»Wo sind die andern?« fragte ich.
»Unterwegs hierher, soll ich euch bestellen.«
Lo setzte sich; aber er blieb stehen.
»Wir hielten die Sitzung ohne euch ab«, sagte er. »Wir wollten uns nicht beeinflussen lassen. Wir haben dich gewählt«, er schaute mich an.
»Quatsch«, sagte ich; »es gibt Abzählspiele, wir werden abzählen.«
Die Odéonleute riefen nach dem Kellner, der Maler wechselte einen großen Geldschein. Ich wollte aufstehen, wollte ihren voreiligen Aufbruch verhindern; aber, »laß«, sagte Jeff, »es ist alles entschieden.«

Ich kann nicht mehr weiterschreiben. Die Zelle erträgt nur einen Bewohner. B. ist hier. Er sitzt am Tisch. Er hat die Arme aufgestützt. Er flüstert beim Lesen.
Aus dem Schacht quillt kaltes Licht und enthauptet ihn.
Draußen auf den Feldern fällt Regen. Die Wiesen müssen nicht bewässert werden. Der Stauriegel im Bach ist entfernt worden. B. trägt Stiefel. Er hat auf den Fliesen Schmutz hinterlassen, Schmutz aus dem Schweinekoben. Ich hörte die Schweine schreien, heute morgen; aber die Schüsse hörte ich nicht. Am Sonntag gibt es Blutwurst zum Mittagessen. B. riecht nach Schweiß. Sein Hemd hat sich am Rücken verfärbt. Er muß sich beeilen, wenn er zur Zeit am Tisch erscheinen will. Er ißt als einziger langsam. Nie liest er während des Essens in seiner Zeitung. Ihn stört sogar das Radio und der Wetterbericht. Ist die Reihe, Aufsicht zu führen an ihm, läßt er sich das Essen

auf sein Zimmer bringen. Ich habe ihn oft bedient und kenne seine Vorliebe für Erdbeeren. Auch junge Siamesenkatzen und Kakteen ißt er. Dem Heim hat er ein Taubenhaus eingerichtet.

B. liest. Er hat die Arme aufgestützt. Seine Hand ist weich und weiß. Der Daumennagel erinnert an die gespaltene Lippe eines Hasenschartigen. Wie kann B. mit solchen Daumen Kühe melken?

Jetzt trägt er am kleinen Finger einen Rubinreif, wenn nicht die Gelenkentzündung ihn zwingt, den Ring im Nachttisch aufzubewahren.

B. MACHTE mir Vorschläge.

Aber was weiß er von dem, was mich umtreibt?

Meine Pläne haben den Nachteil der Ungenauigkeit. Nur bestimmte Punkte sind festgelegt, der Rest ist Improvisation. Dies behauptet B. Man sieht, schrieb er, daß du vorerst im Sinne hattest, deine Flucht auf sechs Tage zu beschränken; aber dann fandest du Jeff, und unversehens ist dir die Regie entglitten. Um zu verstehen, was du als Wirkung auf die Umwelt aufgefaßt haben willst, benötigst du einen größeren Zeitraum. Hier hätte unsere Verwaltung den Punkt entdeckt, an dem du zu fassen bist.

Dann formulierte er seinen Antrag.

Weiter unten zeigte er sich erstaunt über den Fernsehmann Boulanger, den er vor Jahren in Biel kennengelernt habe, als er noch nicht verheiratet war.

Ich wurde durch Jeff mit Boulanger bekannt.

Er war bei Footcamp & Bellis gut bezahlt und lud uns zu einer Flasche Whisky zu sich nach Hause ein.

Ich erinnere mich an einen kurzen Wortwechsel, der meine Manchesterjacke betraf.

»Mode jetzt«, sagte er, »alles trägt Manchesterjacken. Aber die Hose dazu tragen sie nicht; da sind sie doch ganz Bürger mit Bügelfalten.«

Aber später verstanden wir uns recht gut. Da wir seine berühmte Sammlung pornographischer Fotos nicht hervorholen konnten [seine Frau schlief im Zimmer, in dem er das Material aufbewahrte], skizzierte er uns eine Szene aus dem Werbefilm, den er mit uns drehen wollte.

»Die Vorstadt«, sagte er. »Neapolitaner haben sich in den Baracken eingenistet. In die Schrebergärten stoßen Hochhäuser. Der graue Novembertag ist ein von Schlaglöchern zerrissenes Gelände. Sieches Wachstum enthüllt überall Blößen: Erde fehlt. Zäune, schlecht verheilte Nähte, spannen die überdehnte Haut. Mit dem Milchmann um neun Uhr kommt der Tod ins Treppenhaus. Stimmung. Atmosphäre. Armut ist malerisch. Human touching.«

Der Film wurde wirklich gemacht.

Boulanger selbst führte uns mit dem Buick seiner Firma ins Vorortgelände hinaus. Er stellte den Wagen am Rande der Vorstadt in einen für diesen Zweck aufgeschütteten Kehrichtgraben. Wir schleppten die Gazoline-Kannen an die angegebenen Plätze, während er sich am Drehbuch zu schaffen machte. Jeff meinte, man hätte einen Neger engagieren müssen, natürlich einen echten Neger. Boulanger hatte ihm beigepflichtet, dann aber auf den Neger verzichtet. Neger, sagte er, gehörten eher auf die Bühne.

Diese Szene wurde im Drehbuch gestrichen.

Inzwischen waren aus den Baracken Kinder gekommen. Sie rotteten sich auf dem Platz zusammen. Über ihnen hingen an einer Plasticschnur pelzige Wäschestücke. Hier sollte in fünf Stunden unser Petroleum brennen.

»Hölle«, sagte Boulanger, »räumt das Zeug weg.«

Die Kinder rührten sich nicht. Stefan schenkte ihnen Zündschnüre.

Nebel hatte sich über die Stadt gesenkt. Nach Mitternacht war alles zur Aufnahme bereit. Paulette spielte die weibliche Hauptrolle, weil Boulanger seine Lili mit Maria Schell verglichen hatte.

Es war eine Entführungsszene in einem Werbefilm für die Haute Couture.

Boulanger, das Filmauge, wie die Freunde ihn nannten, liebte seinen Beruf leidenschaftlich.

»Ich bin«, pflegte er von sich zu sagen, »in erster Linie Reporter.«

Wo er stand und ging, kritzelte er in sein schwarzes Wachstuchheft Notizen.

An einem Sonntag – es regnete, und an der gläsernen Terrassentür bildete das Wasser einen sprühenden Vorhang –, übergab mir Franco dieses Heft. Der alte Kellner hatte die Nonchalance eines Croupiers, der das Spiel, das er nur am Rande zu verfolgen scheint, diktiert.

Abholungseinladungen, Mahnungen, Quittungen für bezahlte Spielschulden waren herausgeglitten. Die Eintragungen, mit Bleistift, Tusche und dreifarbigen Kugelschreibern gemacht, betrafen Filme und filmische Möglichkeiten. Ich war, auch gegen meinen Willen, gezwungen, ein Bild zu erfassen, mein Gegenbild. Feuerspeier, hieß es da, Skorpiongeborener. Seine großporige Haut neigt zu oberflächlichen Erkrankungen, wie Ekzema usw. Beim Weiterblättern rutschte unterm Einband eine von Wasser beschädigte Fotografie hervor. Esther, an der Braderie von einem Straßenfotografen aufgenommen. Die unsorgfältig angesetzten Säurebäder hatten ihrem Gesicht einen zärtlichen Ausdruck verliehen, wie er jeder Formauflösung innewohnt.

Als die Flucht mit meiner Verhaftung endete, trug ich die Blätter auf meiner Haut. B. ist einverstanden, sie dem Bericht beizufügen. Er hat ein Gesuch an die Erziehungsdirektion aufgesetzt. Doch der Verwalter sagte: Akten, die einmal behandelt worden sind, verlassen das Staatsarchiv nicht mehr.

Es ist vielleicht besser, ich halte mich an meine Erinnerungen.

Boulanger schrieb:

Feuer. Der über Ruinen aufgehende Tag zeigt rauchende Trümmer. Geschmolzenen Stein. Offene Wände. Ein kommendes Frühjahr enthüllt sich mit zähem Grün. GOTT SEI DANK HABE ICH KEINE KINDER.

Aber die verpuppten Roboter in Asbestanzügen sehe ich nicht, auch nicht die zur Vergeltung ausschwärmenden Raketengeschwader, nicht die Erde als Magmaball, in dem zertrümmerte Berge wie Fremdkörper schwimmen. Eine versengte Katzenleiche bewegt mich mehr als der Gedanke an den magnetischen Schatten, der einem Jahrmillionen entfernten Stern die Vernichtung des Planeten anzeigt.

Drei-Minuten-Film für Airhoolie.

Außer mir gefällt die Schallplatte, die ich vor einigen Monaten gekauft habe, einem einzigen Freund, der jetzt in einer andern Stadt wohnt und nicht mehr schreibt, so daß ich, unvorsichtig genug, einem Gast, der sich das Stück anhören möchte, sage: »Du wirst es nicht mögen.«

Bin ich hingegen allein, besonders am frühem Morgen, selten am Abend, setze ich nur diese eine Platte auf; Bud Powell spielt Bassically speaking. Es ist eine jener zerbrechlichen Schellackplatten, die heute nicht mehr hergestellt werden, und das ist der Grund, weshalb ich an einem freien Tage das Musikaliengeschäft Symphonia aufsuchte, um ein zweites Exemplar zu kaufen. »Aber nein«, sagte der Verkäufer mit den gepflegten Pianistenhänden, »diese Platte ist eingezogen und vernichtet worden«, und dazu ließ er die meine, die ich als Beweisstück mitgebracht, elegant in eine eigens vorbereitete Kartonhülle gleiten.

»Haben Sie sie oft verkauft?« frage ich ihn.

»Tausend Stück, wenn's hoch kommt«, sagte er höflich und reichte mir die Platte, die ich, linkisch wie ich bin, fallenlasse.

»Ich will nachsehen«, sagt er; wir sind beide erschrokken.

Ich nehme ihm den Karton weg, nachschauen ist sinnlos, die Platte ist zerbrochen.

Ich denke, als ich hinausgehe, an die tausend Käufer, die jeden Morgen, wenn sie allein sind, mein Stück hören. Tausend mal drei Minuten; neunhundertneunundneunzig mal drei.

Auftrag Circus Knie. Kompositionsprinzip: Scheinwerfer, Lampen, Lichter.

Cohn kam nach der Pause aus seinem Wohnwagen und ging an den untätigen Kutschern grußlos vorüber, voll geschminkt, wackelnd in den latschigen Schuhen. Im fahlen Licht, das den Gang notdürftig erhellte, waren die breiten Ringe um Mund und Augen grellweiß.

Er schob sich so weit vor, daß er das Publikum sehen

konnte; Reihe um Reihe sanft ansteigend hinter den schrägen Sturmstangen, Köpfe im Licht, Köpfe im Schatten. Plötzlich blitzten Instrumente auf. Der Scheinwerfer hatte die Balustrade ins Auge gefaßt.

Er, im Sattelgang an einen Karren gelehnt, warf die Zigarette müde in den Wasserkübel und trat heraus. Er sah sie kommen, in sanften, trägen Kaskaden fallend bis an den Kragen der Manege, jetzt auch in seinem Rücken zusammengerottet. Applaus sog ihn ein, er verbeugte sich nach Süd und West, nach Nord und Ost, atmete den vertrauten Geruch von Pferdeschweiß und Sägemehl und Staub und Löwenurin und richtete sich auf.

Er versuchte, die Leiter am Seil zwischen X-förmigen Nickelstangen zu besteigen. Lachsalven begleiteten die komischen Stürze. Man sah, wie er die Hoffnung verlor, und seine Fröhlichkeit erwies sich als geschminkte Lüge. Daß er zuletzt doch auf dem Seil stand, machte die Niederlage erst vollkommen. Schon nahte eine überirdische, in Gold und Purpur gekleidete Puppe und holte unbemekrt die Leiter weg, so daß ihm als Rückweg nur der große Sturz offenblieb.

Er stürzte.

Unter ihren Ovationen blieb er liegen, während die Scheinwerfer, zwei weiße, ein grüner, ihn aufgriffen. Vor seinen Augen wogte das Licht, ein körperhaftes Dunkel. Plötzlich nahm er wahr, daß es nicht regnete. Er war nicht in Falùn, und die Straße, auf der man ihn fand, war nicht überschwemmt.

Die Kutscher trugen ihn hinaus, nachdem sie ihn zwischen einen Teppich gerollt hatten, und der Arzt wischte ihm mit Öl die Schminke aus dem sterbenden Gesicht. Vor dem Wohnwagen drängten sich Artisten und Stallburschen, fröstelnd im kleinen Wind, der die tausend Glühbirnen an den bewimpelten Kabeln überm Zelt bewegte.

Das rot goldene Nummerngirl zeigte dem Publikum lächelnd den Pappschild mit der Zahl 18. Die Scheinwerfer fraßen seinen Schatten.

Amateur-Filmwettbewerb in Ascona vom 4. bis 30. Mai. 5. Projekt: Besuch erwartend, [16 mm, Umkopierverfahren].

Ihm war, während er das Zimmer aufräumte, in dem er die beiden Mormonen, die sich zu einem Besuch angesagt hatten, empfangen wollte, eingefallen, wie Struttmann aussah. Widerwillig betrachtete er die erinnerten, unscharfen Augen, den feuchten Spitzbart, schob das Bild, unruhig hin- und hergehend, weg, dachte, ich werde die Wände neu streichen lassen, weiß, keine Bilder mehr, wozu Bilder.

Er trat ans Fenster, die Uhr zeigte Drei, sie könnten dasein, dachte er, Mormonen. Moment, sie nennen sich jetzt anders. Die Heiligen der Letzten Tage, wohl wegen der Vielweiberei früher, die hat ihnen geschadet. Ihr Prophet auf dem Prospekt heißt Josef Schmidt.

Unterschrieben haben zwei Männer, einer geht ja nie allein. Wenn etwas geschieht, zeugt der eine für den andern, das ist Organisation, amerikanische Missionsarbeit, Bekehrung nach Maß, mit dosiertem, sanftem Slangakzent und vielen rosenfarbenen Kaugummiexplosionen. Salt Lake City, sagen sie; jedes Wort wird durch Luftstauungen schußfertig gemacht.

Zehn nach Drei. Man hat sie aufgehalten, Missionare können nicht pünktlich sein, die eine Bekehrung dauert länger als die andere. Früher stellte man sogar Urteile auf Aussagen von Augenzeugen ab, auf das Ungenaueste also, das es gibt; auch bei ihnen reden noch Zeugen, da, im Prospekt: »Wenige Tage später kamen Martin Harris, David Withmer, Oliver Cowdery und ich überein, in einen Wald zu gehen und im inbrünstigen Gebet zu versuchen, die Erfüllung der gegebenen Verheißung zu erlangen, nämlich, daß ihnen die Platten gezeigt werden sollten. Demgemäß suchten wir ein von Herrn Withmers Haus aus leicht zu erreichendes Stück Wald, wohin wir uns zurückgezogen, auf unsre Knie gingen und den allmächtigen Gott mit starkem Glauben anflehten, diese Verheißung zu erfüllen.

Unserer vorherigen Abmachung entsprechend, begann ich mit einem lauten Gebet zu unserm Himmlischen Vater, worauf ein jeder der übrigen Anwesenden der Reihe nach folgte. Wir erhielten jedoch nicht schon nach unserem ersten Anruf eine Antwort oder die Kundgebung göttlicher Gunst. Deshalb begannen wir von neuem zu beten, in derselben Ordnung, wobei wiederum jeder einzelne von uns den Herrn in ernstlichem Gebet anrief, doch wieder mit demselben Ergebnis. Nach diesem zweiten Mißerfolg erbot sich Martin Harris zurückzugehen, weil er glaubte, seine Gegenwart sei der Grund, weshalb unsere Gebete nicht erhört wurden.

Ich verließ dann David und Oliver, um Martin Harris zu suchen, den ich in einiger Entfernung, in inbrünstigem Gebet begriffen fand. Er sagte mir, der Herr habe ihn noch nicht erhört und bat mich flehentlich, mit ihm zu beten, auf daß auch er derselben Segnung teilhaftig werde, die wir soeben empfangen. So vereinigten wir uns im Gebet. Schließlich ging unser Wunsch in Erfüllung, denn ehe wir unser Gebet beendet hatten, wurde uns dasselbe Gesicht gezeigt, wenigstens ich sah und hörte dieselben Dinge wie zuvor, während im gleichen Augenblick Martin Harris, anscheinend ganz außer sich vor Freude, laut rief:

Es ist genug! Es ist genug! Meine Augen haben gesehen. Er sprang auf und rief ›Hosianna‹ und pries Gott und gab auch auf andere Weise seiner übergroßen Freude Ausdruck.«

Während er den Prospekt fallen ließ, glitt er in jähe, gläserne Heiterkeit ab. Die Glocke schellte, er hörte es nicht. Er lächelte, ihm war in den Sinn gekommen, wie dieser junge Struttmann aussah, der seinen Antrag abgelehnt hatte.

Boulanger verließ uns im Januar. Seine Ehe wurde geschieden und ich glaube, er ging an die Hochschule von Ulm.

Ging er nach Ulm? Die Scheidung war im Januar, und mit dem neuen Uhrenstatut verloren Footcamp & Bellis ihre europäischen Niederlassungen.

Das ist das Unmenschliche am Freiheitsentzug: der jähe Abbruch aller Beziehungen. In der Zeit lösen sich die Zwiegespräche zu Monologen auf. Jeff, Heini, Boulanger, selbst Märki: es gibt sie nur in der Verbindung mit bestimmten Ereignissen; es gibt sie nicht für die Zukunft. Ich denke an jene Weihnachtstage, und die Stadt hat sich in das Netz ihres eigenen Traumes zurückgezogen. Als Luftspiegelung sehe ich sie im Grau, manchmal von einem Wind aus großer Höhe aufgerührt, zu neuen Mustern umgeschichtet. Abends gehen in der nebelgesättigten Dämmerung elektrische Sterne auf. Ein geruchloser, stoppliger Wald wuchert auf dem Marktplatz. Die Tannen werden mit einem grünen, schaumigen Konservierungsmittel besprüht, damit die Nadeln halten. Kunst, wohin man blickt! Jeff hat sich sein gut versichertes Fahrrad stehlen lassen, um für Lisa einen Überseekoffer kaufen zu können. Mit leeren Augen starren Schweinsköpfe auf ihre ausgebluteten Keulen. Ich habe ihr die Augen geschlossen, sagte Claude, als seine Großmutter starb. Mit Zeigefinger und Daumen habe ich die Lider über den Augapfel gezogen.

Heini arbeitet in der Auslage. Er zerrt den Schweinen die Zunge aus dem Rachen und bemalt sie mit blauer Zuckerglasur. Die sauberen Paarzeherfüße sind in Petersilie gefaltet. Würste, im Querschnitt gezeigt, liegen wie Schmuckstücke auf den Porzellantellern. Gegen eine gekachelte Wand lehnen sich Schafsviertel, und in der Ecke, Kopf nach unten, neben sechs am Schnabel aufgespießten Wildenten, hängt ein Rehbock. Er blutet aus der Nase schwarzes Blut.

Doch die Verheißungen der Scheinwerfer werden nie eingelöst. Weihnacht.

Heinis Dekoration verändert sich. Nichts mehr von Stilleben. Der Richtstrahl beleuchtet eine schreckliche nature vivante.

Die Portiersloge im Rotkreuz ist verwaist, das Hauptportal nur angelehnt. Irgendwo im Haus wird gesungen. Auf schmutzigen, mit Messingstangen fixierten Teppichen erreiche ich das Zimmer 112, traurige Residenz des Krebs- und Dämmerungsmalers Märki.

Immer wieder hatte ich ihn seit jenem Markttag getroffen, war auch schon zu seinen Kunden mitgegangen und hatte mich porträtieren lassen, ihm zuliebe. Zu beschreiben wäre er als rothaariger, zahnloser Apostel in Kordhose, als Raucher von sechzig Zigaretten oder als kaffeesüchtiger Matrose. Frau und Kinder verkamen bei Heimarbeit im Tessiner Dorf Cagiallo.

»Schreck, laß nach«, sagte er. »Rudolf, das Christkind.« Er schiebt mich ins Zimmer. Aus zwei Stühlen hat er seine Staffelei gebastelt, ein halbfertiges Bild steht da, nach Postkarte gemalt. Auf dem Bett sitzen zwei Männer. »Hosianna«, grüßen sie.

»Die Frau hat geschrieben«, sagt Märki. »Die Hühner sind gestorben, und das Wasser holt sie jetzt von der oberen Quelle. Die untere sei versiegt; aber wer glaubte schon, was sie so faselt. Kastanien haben sie genug, auch Fisch. Fischzucht würde sich lohnen, schreibt sie, Frau Londa würde uns den Platz abtreten, ein Teich wäre zu graben. Fischzucht oder Kaninchen.«

König räuspert sich.

»Mal jetzt! Übermorgen muß ich die Ware haben. Dreimal zehn Birkenwasser. Die Birken machst du einwandfrei. Piccot die Meerstücke und du die Birken.«

»Nur keine Kaninchen«, sagt Klinger.

»Ich kenne einen, der durch Kaninchen ruiniert wurde. Krankheit, komischer Name, Mixa, Mixo, Omotose oder so, kam, runierte ihn. Völlig ruiniert ist der jetzt. Ich traf ihn neulich am Bahnhof, seine Frau arbeitet bei Bouldoires, seither klappt es nicht mehr, die Liebe, das Geld, er ist ruiniert.« Märkis Bild füllt sich mit Farbe.

Wir rauchen schweigend. Eine Art Ermattung überkommt uns.

Plötzlich richtet sich Klinger schaudernd auf, so, als habe er lange nachgedacht und sei zu einem erschreckenden Schluß gekommen: »Nie mehr heiraten, Brüder.«

König hebt den Kopf und erwacht aus seinem unruhigen Halbschlaf. »Weihnachten«, sagt er, »geht auch vorüber.«

Im Fenster steht der Lichtblock. Schleimiger Mehltau überzieht den Tisch, den Spiegel und die Bilder. Klinger schnarcht in seiner Decke auf dem Boden. An den Leimstellen der Tapete rollt sich das Papier ein. Es ist früher Morgen, Klinger träumt, und der Gedanke, Jeff am Abend wiederzusehen, bringt Erleichterung.

Im Korridor stoße ich auf Giovanni, den Laufburschen. Er verwirft die Arme, deutet nach oben und legt den Kopf auf ein eingebildetes Kissen, als wäre ich es, der kein Deutsch versteht.

Die Seitentüre, die er mir öffnet, entläßt mich in eine Kulissenlandschaft. Im Nebel schwimmt die verlassene Stadt. Lärmend entrollt sich, wie von einem unvollkommenen Gedanken in Bewegung gesetzt, die Sonnenstore am Hinterhofbalkon.

Der Himmel wirft diesen rostigen Schrei zurück und ich eile, von Träumen eingeholt, durch das horizontlose Schweigen.

Doch bedarf es einer geringen Verrückung, und mit meinem Atem beschlägt sich die Scheibe. Durch die Erblindung des Auges tritt die Wirklichkeit in mein Zimmer, o mein Zimmer: Märki, am runden Tisch im Merkantil, in die Tasse starrend; König, ihm gegenüber, den Kopf in die Armbeuge gelegt, schlafend; auf dem Tisch nebenan eine tropfende, sanfte Kerze. Das schmutzige

Geschirr. An der Wand zwei kreuzweise angeheftete Tannäste, Lametta, Engelhaar, an Nylonschnüren rote Glaskugeln. Über der Theke die Kaffeemaschine. Rasch schließt sich das Blickfeld, und ich löse mich aus den Zusammenhängen, die schon vertraut werden wollten.

In der Fahrbahn folgt mir in großer Entfernung eine hinkende Katze. Während ich näherkomme, bewegt sie sich zwischen überlebensgroßen Puppen der Auslage eines Warenhauses. Den Kopf ans Glas gepreßt, starrt sie mir lange ins Gesicht.

Es WAREN die Tage der großen Ausverkäufe, als ich den Ablauf der Zeit, ähnlich einer Beschleunigung, wahrzunehmen begann.

Hinter den unverrückbaren Inseratenbalken, im Rukken der Rolltreppen, im bösartigen Summen der Menge, im wütend gegen die Zwölf anstürmenden Wanduhrzeiger ahnte ich das Verhängnis.

Als wir bei Schmeil Meier einbrachen, machte der Nachtwächter seinen Rundgang eine Stunde früher als wir berechnet hatten, und während ich mich unterm Werkstatt-Tisch vor dem huschenden Lichtkegel einer Taschenlampe verbarg, befiel mich zum erstenmal das Gefühl vollkommener Ohnmacht. Und so kam an einem Samstag, als Jeff im Moko aufkreuzte, die Angst. Jeff hängte seinen dunklen Mantel in den Rechen und ließ sich nachdenklich am Tisch nieder. In der Hand trug er die druckfeuchte Zeitung.

»Weißt du«, sagte er, »die Odéon-Leute laden einen Dichter ein. Er soll in ihrem Keller lesen.«

Davon hatte ich gehört. Man hatte von seinen Katzen gesprochen, vom Schnaps, den er auf sich trug, von seinem Bruchleiden, von seiner Armut, von seinen Frauen. »Ich werde hingehen«, sagte ich.

Jeff nickte. Ich wußte, daß er die Bücher des Dichters im Verlag bestellt, sie aber nicht erhalten hatte.

Fredy brachte die ›Galics‹, und Jeff legte die Zeitung weg. Wir ließen den flüssigen Rahm in den Kaffee fließen. »Er sollte die Gläser besser vorwärmen«, sagte Jeff verdrossen. »Und auch den Whisky«; und auf einmal hatte ich die Gewißheit, daß etwas geschehen war, etwas Unwiderrufliches.

Er hob sein Glas, sagte »Ciao«, »Ciao«, sagte ich. Von draußen herein drang gedämpft der Straßenlärm. Über unsern Köpfen summte der Ventilator. Die Kaffeemaschine blubberte. Hinter der Theke waren die Schankburschen damit beschäftigt, Geschirr zu waschen, und die weichen Geräusche der im Wasser aneinanderstoßenden Teller entschärften die Stille.

So, als hätte er auf dieses kraftlose, beruhigende Zusammenspiel gewartet, sagte Jeff seinen Satz.

»Heini ist abgestürzt«, sagte er.

In der Erleichterung, die dem Tatsachenbericht folgt, wurde das Getränk auf einmal scharf, heiß und süß. »Ja«, sagte Jeff. »An der alten Chasseral-Straße mit seiner BMW-Occasion.«

»Nein.«

»Ja.«

»Woher weißt du's?«

Er winkte ab.

Auf dem Tisch vor mir bewegte sich das Glas, als wäre es von innen her in Rotation versetzt worden.

»Sie brachten ihn gleich vom Polizeiposten in die Leichenhalle. Lo rief mich an, bevor sie abreiste; aber du warst nicht da. Ich selbst gab den Befehl aus, die Garage zu räumen. Jimmy und Claude sind jetzt an der Arbeit. Ich weiß, die beiden Zuverlässigsten, was? Aber man kennt sie nicht im Quartier, und das zählt.« Über sein Gesicht huschte das scheue Lachen, das ich zu Beginn unserer Freundschaft als Ausdruck einer seltsamen Grausamkeit mißdeutet hatte.

»Sicher«, sagte er. »Wir haben's gut gemacht. Vermutlich wird schon nach uns gefahndet. Heini trug die Informationen immer auf sich.«

Wir ließen uns von Fredy zwei weitere ›Galics‹ bringen, in vorgewärmten Gläsern.

»Du weißt, wie er mit dem Wagen umging«, sagte Jeff. »Keine Ketten, schlechte Reifen. Und dann kam er mit der Schaltung nicht zurecht. Trat auf die Bremse und aus.«

Zur Ladenschlußzeit, als Mokos Glastüren barsten, machten wir uns davon. Der Nebel war gesunken. Wir gingen zu Fuß, und die Straßen erschienen mir in den Außenquartieren weitläufig und herrlich.

»Jetzt müssen wir uns entscheiden«, sagte ich. »Jetzt fliehen, Jeff.«

Er schüttelte den Kopf. Die Lambretta hatten wir am Zentralplatz eingestellt, und Jeff blieb nicht einmal stehen, um sich meinen Vorschlag zu überlegen.

Im Friedhof schichteten Gärtner, von einer Thujahecke verdeckt, die verdorbenen Kränze zur Kompostmauer auf. Der Nebel schlug sich in den Nadelhölzern nieder, und an unsern Schuhen klebten schwarze Ulmenblätter. Frische Gräber prangten in kotigem Rot und Gelb, während die Parkwiesen, süchtig geworden, sich selbst zu verdauen schienen.

Heini lag, hinter Glas aufgebahrt, im Schauhaus. An seine Seite hatte man die Leichen einer Frau und eines jungen Mannes gerückt. Das Gesicht des Mannes war schwarz aufgedunsen.

»Gas«, sagte Jeff, »Selbstmord. Vorhin las ich es in der Zeitung.«

In den Bahren waren viele Blumen; der Mann hielt Rosen in seinen gefalteten Händen, die Alte, der man das Kinn mit einem Tuch festgemacht hatte, verbarg sich in blaßroten Nelkenbüschen. Ihre Schläfenhaut war straff gespannt, ihr Mund wie unter großer Anstrengung verzerrt, und im ordentlich gescheitelten Haar versickerte erst jetzt der Schweiß des unter Qualen geborenen Todes.

Zwischen den beiden lag Heini.

Sechs Kammern gab es, und alle waren belegt. Wir gingen durch den spiegelnden, mit grünem Linoleum ausgestatteten Korridor; der Wand entlang liefen numerierte Kästen. Bald wurde ein schwaches, rhythmisches Geräusch hörbar, ein fauchendes Stampfen, das den Boden bis hin zu uns in leichte Erregung versetzte. Auch erwärmten sich, je weiter wir gingen, die Wände. Das Beben lag unter unseren Füßen; leise klirrten die in einer Reihe aufgestellten Urnen.

Jeff schnupperte. »Die Öfen brennen«, sagte er. »Drei Öfen. Verdammt.«

Unten in der Eingangshalle saß jetzt eine dicke Alte auf dem einzigen Möbelstück des Hauses, einem zerbrechlichen Stuhl und verstrickte lachsfarbene Wolle zu einem Lappen. Sie schaute nicht auf, als wir vorbeigingen.

Tinguely führte uns mit seinem Lieferwagen in die Stadt zurück. Die entgegenkommenden Autos blendeten; es war dunkel geworden.

»Hast du heute abend was los?« fragte Jeff, so, wie er immer fragte. Er saß schon auf der tuckernden Lambretta, die Sonnenbrille im Gesicht und hatte den Mantelkragen hochgeschlagen.

Ich hatte nichts los.

Leicht glitt er in die Fahrbahn hinaus, versank im Strom, und das war unser Abschied.

War dieser Abend anders als der gestrige? Es regnete, eine laue Wärme begleitete den Wind. Ich hatte das Fenster geöffnet. Ein weicher Geruch wehte herein und verging auf den Lippen. Der Wind war im Fenster, Frühlingsgeruch, Seeduft.

Jeff, ich hätte dir gerne die Hand gegeben. Vielleicht wären wir wirklich Freunde geworden? Du wolltest nicht fliehen. Erst war die Sache mit Ralph und Boule und jetzt Heinis Tod; du konntest nicht fliehen. Du hast mich nicht gebeten zu bleiben. Ich werfe ein Geldstück auf. Wie oft haben wir das Spiel gemacht, wenn wir uns nicht entscheiden konnten! Kopf oder Zahl. Kopf ist Flucht. Heute werden sie kommen, morgen, in ungelüfteten Uniformen, den sprungbereiten Verdacht in der Tasche, blindlings den Gerüchten folgend, böse Vermutungen im Rock, Heinis Namenliste unterm Hut.

Sie werden klopfen und eintreten, hallo, guten Tag, wir haben einige Fragen an Sie zu richten nach Judith und Esther und Margrit, den Knabentrösterinnen mit dem festen Fleisch, den warmen Schenkeln, der duftenden Haut. Dürfen wir Sie endlich verfolgen, da Sie uns nichts zu sagen haben? Sie stehen in Verbindung mit Loulou, dem Legionär, Träger des schwarzen Gürtels. Mit Boule, nicht wahr, und seiner Schwester in Bulle. Hier bitte, Ihre heiße Fährte, der wir im Sprung nachsetzen. Wenn Sie uns folgen wollen? Sehen Sie den frischen Abdruck Ihres Fußes? Schon richtet sich das Gras auf, aber wir sind angelangt. Sie sind eingekreist, gestellt. Gestehen Sie. Sie lügen. Hallo, hallo, Sie lügen. Fahren Sie weiter. Die Zeugin Esther belastet Sie schwer.

Das Geldstück blitzte auf, kehrte zurück: Zahl. Noch war es möglich, die Freunde in Zürich zu warnen.

Wozu?

Im Fenster stand der Wind.

Föhneinbruch, hatte der Radiosprecher gemeldet; es gab Möglichkeiten, die Flucht auszudehnen. Lawinengefahr am Hörterkopf. Oder Zahl.

III

Obwohl ich die Härte einer Kokosnußschale anzweifle, liegen doch unter der Haarpolsterung drei Narben verborgen, die verletzlich sind.

Das Untersuchungsverfahren, dessen Opfer ich wurde, schien die Erfahrungen alter Kokosnußjäger auszunützen: Suche nach den drei Narben!

B. hatte mir die Kleiderschachtel und eine Schnur gebracht. Papier, eine Weste, die Zahnbürste, den Bleistift packte ich ein. Die Werktagshose blieb hier, die Schürze auch. Zwei uniformierte Wächter holten mich ab. An den Gangfenstern drängten sich stumm die Gefangenen: verschobene, flache Gesichter.

Während die Wächter im Hof Formulare unterschrieben, trat die Hausmutter heran und wünschte Glück.

In ihrem Rücken stand gedrungen und sprungbereit der Gefängniswagen, ein Kleinbus der Greyhound-Art. Sein Heckfenster war vergittert; die eine Tür hatte keinen Griff.

»Aufsitzen«, brüllte der Chauffeur, und mit knurrendem Stoßen begann der Motor zu laufen. Man schob mich durch eine Luke ins Innere. Vor den Gitterstäben bewegten sich winkende Hände. Ich hatte keine Lust aufzustehen; auch verließen wir schon den Hof, verlangsamten die Fahrt, als die Tore geöffnet wurden und hatten dann ein schlechtes Wegstück zu überwinden, bevor wir die Staatsstraße erreichten. Baumkronen wischten vorüber, Wolken am Himmel blieben zurück. Ich setzte mich in eine Ecke, wurde an die Wand gepreßt oder rutschte, wenn ich mich nicht an den Ledergriffen festhielt, von der Bank herunter.

Ich kannte das Ziel nicht, doch war der Hof, auf dem die Fahrt zu Ende ging, dem unseren ähnlich, genauso von hochfenstrigen, kubenförmigen Bauten eingefaßt und auf der freien Seite von einer mit Glasscherben bestückten Mauer abgeschlossen.

Ein Pfleger in weißer Jacke mit gelben, häßlichen Knöpfen führte mich in die Zelle, versenkte die Pappschachtel in einen der Wandschränke und zeigte mir das Licht, das aus dem schmalen Fenster sickerte. Er betastete das am Boden festgeschraubte Eisenbett, den Tisch und wies stumm auf den Stapel weißen, unbeschriebenen Papiers. Erst im Baderaum sprach er zu mir. Seine Stimme drang durch den kochenden Dampf: Ausziehen. Waschen. Füße. Knie. Einseifen.

Ich wurde gemessen, gewogen, fotografiert, ich entzifferte ein E, wiederholte die mir zugeflüsterten Zahlen, ergänzte angefangene Sätze, zeichnete Bäume und überließ meiner Erinnerung den Blick durchs gitterlose Fenster. Wohlgefällig, mit blauen Kinderaugen, betrachtete mich der Arzt und bot mir sogar einen Stuhl. Zuviel Mühe für einen Sträfling.

Ich las ihm gute Eigenschaften, Ordnung, Reue, Charakter in die Fotografien Hitlers, Stalins, Einsteins, deutete Farbflecke zu Schlangen und Eingeweiden um, ich wollte galoppierende Aaronstäbe, geöffnete Brustkörbe und ein Kleinkind ohne Kopf entdeckt haben.

Mit einer knappen Verneinung beschloß der Arzt jede der verträumt vorgebrachten Fragen.

»Sie waren schon im Krankenhaus, nicht wahr?
Mit Beinbruch, das war, warten Sie einen Augenblick, da steht es ja, vor drei Jahren, nicht war?
Sie halfen den Krankenpflegern und bestahlen einen Patienten, nicht wahr?
Sie könnten Krankenpfleger werden, wenn Sie einmal freigelassen werden, nein?«

Er sprach lieblos von B., behauptete Dinge, die ich hier nicht wiedergeben will und glaubte mir nicht, daß ich noch nie einen lebenden Tiger gesehen hatte. Denn ein Jahr zuvor waren wir, die reiferen Zöglinge und die eben Konfirmierten, im Naturhistorischen Museum zu Besuch gewesen. Da stand ich, vom Anstaltsfriseur schlecht geschoren, meinem ersten Tiger gegenüber. Ein Oberländer Künstler hatte den Dschungelhintergrund gemalt, und der Tiger beobachtete unverwandt eine Gruppe von Steinböcken, die, hinter Glas, auf der Moräne des Aaregletschers lauschend verhielten.

Es gelang mir nicht, mit den anderen Häftlingen in Kontakt zu treten; doch wußte ich bald, daß ich mich in einer Beobachtungsstation der Klinik befand. Sie wurde von Professoren und Studenten geführt. Frühere Bewohner meiner Zelle hatten ihre Botschaften hinterlassen, winzige Zeichen, die ich erst nach Tagen zu lesen verstand. Zwei Namen behielt ich im Gedächtnis, bevor ich die Wände mit weichem Brot säuberte.

Der Arzt bedrängte mich. »Sie haben Alkoholexzesse hinter sich, Benninger. Ihre Leber hat schweren Schaden gelitten.«

Und später: »Haben Sie Rauschgift genommen? Marihuana?«

Ich wußte von nichts.

»Sie sind krebsgefährdet. Einer Ihrer Vorfahren war Epileptiker.«

Das berührte mich nicht.

»Diese Vorhautverengung will mir nicht gefallen. Sie sollten sich der kleinen Operation unterziehen, einer kleinen Beschneidung. Später –.«

Ich blieb stumm.

»Wir verfügen auch über andere Mittel, Ihren Trotz zu brechen. Es ist besser für Sie, wenn Sie Vernunft annehmen.«

Drohungen. Versprechungen.

Und es blieb nicht dabei.

Lächelnd vertauschten sie den weißen Mantel mit der schmutzigen Gummischürze. Ihre Folterungsmethoden hatten klinische Namen, als sie mich im Schwitzraum zum wollenen Paket verschnürten.

Als sich jener Zustand der Schmerzlosigkeit einstellte, den ich später zu erwarten wußte, ohne in Panik zu geraten, fiel ich in Ohnmacht.

Jeff hat es mir erklärt; er war unschlagbar im Erfinden kleiner Selbstkasteiungen.

»Zustand der Trennung, der Teilung«, sagte er, »in dem der Schmerz, als Teil der Angst, die Angst steigert. Die Tester rechnen gerade mit dieser Reaktion des Fleisches. Sie verlangen, daß sich ihre Opfer in bester körperlicher Verfassung befinden. Nur so wehrt sich die einzelne Zelle gegen den Tod, den der Geist vielleicht schon erduldet hat. Ein geschwächter Körper ist schmerzunempfindlich. Die beste Methode, sich dem Zugriff zu entziehen, besteht darin, sich selbst Schmerzen zuzufügen.«

Immer wieder ließen sie mich nach den kurzen Erholungspausen kommen, als wäre der Zugang, den sie suchten, eines Tages ihr Fluchtweg; aber mit jeder Frage bauten sie sich neue Fußangeln. Ihre Versprechungen wurden zum Eingeständnis des Zusammenbruchs.

»Sie bringen uns um«, sagte der Chef an jenem Abend, an dem zum erstenmal die Strom-Behandlung angewendet werden sollte. Ich wußte, was mich mit dieser Begründung erwartete: Wir hatten Boule in seiner Garage so bestraft, als er des Diebstahls an Loulou überführt worden war.

In der Nacht holten sie mich, drei Wärter und vier Tester. Neonröhren erleuchteten den Kellerraum taghell; Heizschlangen, grob mit grünlichem Rupfen isoliert, durchzogen die gekalkten Wände. Eine Wasserleitung dröhnte. Mit wenigen Handgriffen hatten mich die Wärter auf dem Stuhl fixiert. An meinen Armen und Beinen befestigten sie die Elektroden. Hinter der Tür eines Wandschranks sah ich die Meßinstrumente, Gummihandschuhe, Werkzeuge, einen Satz Nierenschalen und die beiden Schalthebel.

Das war vorgestern. Vom Tag, der dazwischen liegt, weiß ich nichts. Von Fragen, von Antworten, von Nachgeben weiß ich nichts. Durch das Fenster in meiner Zelle fällt wenig Licht. Ich friere, und ich fürchte den Augenblick, in dem mir der Bleistift aus der Hand fallen wird. Das Geräusch auf dem Papier unterbricht die kalte Stille, schiebt sie von Zeile zu Zeile fort, eine allmählich schwerer werdende Last. So, las ich, kämpft ein sibirischer Jäger gegen Wölfe. Er weiß, daß sie gegen den Wind angreifen. Über mich neigen sich mit bloßliegenden, schweren, dachartigen Wurzeln dunkle, regennasse Salomonssiegel, blühend, als sei Frühjahr, aber mit erfrorenen Oktoberfrüchten. Etwas ist geschehen. Walderinnerungen machen sich breit, Ameisenhaufen, sommerduftend. Neblige Tannenwälder. Daumentiefer Schnee, harschig verweht, abgeschliffen in Lichtungen, von Spuren verwetzt. Ich taste mich den Schriftzeichen entlang, man müßte Licht entzünden oder ein Feuer. Übers Wasser legt sich Eisatem. Die Stadt gefriert in einer zufälligen Welle. Kalt hängt die Sonne am Schlot des Gaswerks. Auf der Kohlenhalde steht Jeff. Er läßt am Draht eine mechanische Taube kreisen.

Ich lag schwitzend auf dem Rücken. Ich war in den Gemeinschaftssaal gerollt worden und hatte mich seither nicht bewegt. Der Schmerz zerschnitt meine Gedärme. Das wird noch schlimmer werden, dachte ich. Das ist erst der Anfang. Ich werde mich daran gewöhnen müssen. Wie lange werde ich es aushalten, ohne zu schreien? Ich habe zum Schmerz kein Verhältnis. Damals, als mir nach dem Skiunfall die Ärzte das Bein schienten, las ich auf dem Schragen ein lausiges Westernheft.

Das nasse, röchelnde Stöhnen, das ich ausatmete, erreichte mein Gehör nicht mehr.

Ich versuchte, eine Orange zu schälen. Die Frucht entrollte meinen Händen, und um sie wieder zu erreichen, hätte ich die Knie beugen und mich am Galgen aufrichten müssen. Gestern war der Nebenmann hinausgebracht worden. Ich staunte. Da, wo das Bett gestanden hatte, sproßte auf dem Linoleum schimmeliger Staub. Auf dem

Brett über meinen Beinen stand die Ohrentasse, in die ich vor langer Zeit Zwieback gebrockt hatte. Langsam schloß sich meine knöcherne Hand um den Stiel, führte den Löffel an den Mund. Gierig sog ich am leeren Metall. Das Leintuch war braun bekleckert.

Ich saß in den Kissen, das Hemd am Kragen offen, in viel zu weiten Hosen. Die nackten Füße steckten in Pantoffeln. Mit der Hand fuhr ich mir über Stirn und Nase. Mir fehlte etwas. Schabend untersuchte mein Daumen die unrasierte Wange. Nachdenklich setzte ich meine Brille auf, eine Brille mit dünnem Goldrand und leicht getönten Gläsern. Das große Fenster war hauchbeschlagen und undurchsichtig. Mir fehlte etwas. Unsicher erhob ich mich.

Ich fühlte, wie das Fieber kam. Gestern und vorgestern hatte es mich verschont, unberechenbar und launisch, und jetzt kehrte es zurück. Ich starrte die Decke an, starrte ins grün verfärbte Gipsweiß und erwartete den ersten Stoß, dem der Schüttelfrost folgte. Ich warf einen einzigen Blick auf die Uhr am Handgelenk. Sie war stehengeblieben.

Ich las die Zeitung, die mir am Besuchstag ein früherer Arbeitskollege mitgebracht hatte. Der Artikel über Krebs war rot angestrichen. Es kamen häufig Fremdwörter vor, die ich nicht verstand, auch die Illustrationen waren mir ein unverständliches Gewirr von Linien und Flächen, unblutige Darstellung wuchernder Geschwüre, durchsetzt mit Pfeilen und Buchstaben. Der Wärter hatte gestern versucht, mir die Zeitung wegzunehmen, hatte sie mit den leeren Tellern vom Tisch geräumt, aber draußen im Abstellraum liegengelassen.

Ich weinte. Die Tränen rannen mir in den Mund. Am Mittag hatte die Lähmung begonnen. Meine Füße waren kalt geworden. Jetzt spürte ich die Beine bis hinauf zu den Hüften nicht mehr. Still lag ich auf dem Rücken. Die linke Hand hatte ich schützend um Hoden und Glied gelegt. Es war mir, als hielte ich fremdes Fleisch, drei lose miteinander verbundene, fremde Körper.

Blendend helle Punkte durchzuckten meine Pupillen, sprühende Zickzacklinien unter den fest geschlossenen Lidern, und, während ich hoffte, er bleibe aus, setzte der Anfall mit größerer Heftigkeit ein als je zuvor. Meine Hände, eben noch um den Bettpfosten geklammert, fuhren ins anschwellende Gesicht. Taumelnd stieß ich mich von der Wand ab und stürzte.

Spritze, eine Spritze, Barmherzigkeit, winselte ich.

Von Wyatt Earp hatte ich gelesen, damals, auf dem Schragen, und jetzt rief ich die drei Brüder Earp gegen die kommenden Qualen zu Hilfe. Doch während sich meine Erinnerung verlor, wurde ich entrückt.

Eine Fliege ließ sich auf meiner Oberlippe nieder. Nach einer Weile lief sie hinauf zu meiner Nase und hinüber zur linken, weiß schimmernden Lidspalte.

Der Löffel war meiner zitternden Hand entfallen. Ich drehte den Kopf auf dem Kissen; er lag jetzt im nassen Zwiebackbrei. Plötzlich spitzte ich den Mund und versuchte, das Zeug einzusaugen.

Ich hatte mich wieder auf den Stuhl gesetzt und das Buch zur Hand genommen. Ein Lesezeichen lag zwischen den Seiten, aber die Geschichte war meinem Gedächtnis entschwunden. Das Buch schien eine besondere Geschäftigkeit zu verlangen. Von Zeit zu Zeit riß ich die Augen auf und schüttelte den Kopf. Man hat mich bestohlen, sagte ich, kein Zweifel, ich bin bestohlen worden.

Auf dem Flügel, den meine Mutter zu Hause pflegte, hätte ich den quälenden Ton finden und unschädlich machen können. Eingestrichenes Fis, würde die Mutter sagen. Eingebaut in die verminderte Quint tönt es so, und sie würde es laut anschlagen. Ich schluckte leer, um den Ton zu unterbrechen, griff nach der Sitzhilfe, ließ mich wieder zurückgleiten. Meine Zähne schlugen aufeinander.

Ich griff nach dem Glas und holte mein künstliches Gebiß aus der Desogenlösung. Beim Einsetzen bedeckte ich mit der freien Hand schamhaft den Mund. Die prompte Mechanik meines Stuhldrangs erfüllte mich mit Befriedigung. Eifrig setzte ich mich auf, und nachdem ich meine Pantoffeln ertastet hatte, schlurfte ich zur Tür. Meine Beine trugen mich besser als gestern. Die Geschwulst in der Leistengegend war kleiner geworden.

Ich bewegte den Griff. Die Tür ließ sich nicht öffnen. Seufzend wandte ich mich ab und verschwand hinter dem Plasticvorhang, der den fahrbaren Closessel verbarg. Ich werde selbst meinen Sohn überleben, dachte ich. Und mir bringen sie Artikel über Tumoren. Lächerlich. Ich lachte vor mich hin.

Ich weinte, und durch meine Tränen sah ich die Straße fließen, rückwärts wegfließen, und auch die Musik hörte ich wieder und selbst den hohen, an der Grenze des Wahrnehmbaren liegenden Störton, der die ›Voice of America‹ zerschnitt. Auf der Hügelkuppe schwoll der Motor, und jetzt lag ich im Straßengraben auf Mänteln und Decken. Irgendwer drehte meinen Kopf nach rechts, während mich andere wegzerrten und der Schmerz in meinen Rücken fuhr. Ohne die Augen zu öffnen, taste ich nach Zigaretten und Zündhölzern. Ich rauchte sechs Züge. Dann legte ich mir die glühende Zigarette in die Bauchnabelgrube. Ich spürte nichts. Absolut nichts.

An der weißen Wand lastete ein Kruzifix aus dunklem Holz mit einem silbernen Jesus. Dicht daneben war eine vergilbte Tafel befestigt, Rauchen verboten, und unter ihr, für die Lernschwestern, die den Glasschalter zweimal wöchentlich reinigten, noch eben erreichbar, hing das Muttergottes-Bild mit der persönlichen Unterschrift des Bischofs.

Ein Sanitäter aus Einsiedeln, der hier vor Jahren seinen Spitalkurs abgedient hatte, hatte ein kleines Weihwasserbecken gestiftet, das aber, da niemand Wasser nachfüllte, von einer Putzfrau der Etage nach Hause genommen wurde.

Ich kroch zur Tür. Spritze, winselte ich, gebt mir eine Spritze. Ich schleifte mein Gesicht am Boden nach und ließ eine lange Speichelspur zurück.

Mit dem Fuß konnte ich die Orange spüren; an diesem Gefühl schlief ich ein.

Unschlüssig drehte ich das Buch in den Händen. Auch der blaue Leinenumschlag kam mir jetzt bekannt vor. Dann las ich die Goldschrift. Ich entzifferte meinen Namen.

Ich beobachtete die Tür. Das Fieber preßte meine Rippen auseinander. Jemand hat uns eingeschlossen, sagte ich laut. Hinter mir ahnte ich bewohnte Betten. Man hat uns alleingelassen, sagte ich. Wir wissen nicht, was draußen vorgeht. Mein Befund lautet: Bösartige Koli-Bakterien, Herd unbekannt.

Das Fieber war ein glühender Ball in meinem Körper. Plötzlich setzte ich mich auf. Das, was mir wie das Stampfen einer schweren, weit entfernten Maschine erschienen war, der Ton, der mich quälte, hatte sich verändert. Angestrengt lauschte ich. Dann klopfte ich mit der linken Faust mein Zeichen an die Wand. Decke und Wände gaben die Antwort.

Am Morgen hatte ich einen Anfall erlitten, und das Dolantin hatte mich schläfrig gemacht. Vor dem Fenster staute sich der Himmel. Sein Blau war keiner Jahreszeit zuzuschreiben, ein blau strukturiertes Diaphragma, so gut ins Viereck eingepaßt, daß keine Ritze den Übertritt von Fremdstoffen ermöglichte. Die Gitterstäbe warfen schwache, kaum sichtbare Schatten. Ein Arm fuhr schräg durchs Fenster. Finger schlossen sich um mein Handgelenk. Eine eintönige Stimme murmelte Zahlen. Ich schlief, zog die Beine ans Kinn, schlief und lag zusammengekauert in einer unangreifbaren Stellung.

War ich geflohen? Ich hatte von acht Monaten gesprochen. Wir könnten uns auf zehn Tage einigen? War es wichtig?

Das Geständnis, ich hätte gelogen, hätte die Ärzte nicht erleichtert.

Mein Trotz fand an ihren Zweifeln Nahrung. Die Wirklichkeit zerbröckelte unter ihren Händen und schwand im ungeheuren Verschleiß des Beweisverfahrens. Sie sprachen von Rekonstruktion.

Es war einzusehen: ich hate mich nie nach Biel begeben, war nie Mitglied einer Bande gewesen, der Prozeß hatte nicht stattgefunden, und Dolly war meine Krähe, die ich vor Jahren im Heim gezähmt hatte. Sie lernte ihren Namen sprechen, und von ihr lernten ihn drei Generationen.

Die hohe Tanne am Waldrand schwankte allabendlich im Ruf nach Dolly.

Tagsüber scharten sich die Ärzte um mein neues Enzephalogramm, um die Arteriographie, die das Bild klassischer Fallsucht entwarfen.

Dennoch machte mein Tagebuch heimlich die Runde, und was sie sahen, war meine Kampffischnatur, das, was sie Seele genannt hätten, wäre ihnen dieser Ausweg offen geblieben.

Die Wunden in meinem Gesicht waren verheilt, der Brauenriß, schlecht genäht, vernarbt.

Ich zeichnete, was man mir befohlen: den Apparat, den B. zu seinem Flug benutzt hatte. Wir, er und ich, hatten in seinem Zimmer, aber auch in meiner Zelle, die Maschine entworfen. Nicht das Düsenprinzip. Wir arbeiteten mit der Aufhebung der Schwerkraft.

B. erfand eine elektromagnetische Welle, die ein Gleichgewicht zwischen den beiden Kräften herstellte. Als Aggregat genügte dann ein kleiner Dieselmotor. Den Propeller hatte ich aus Schirmrippen und Vorhanglamellen gebastelt; mit brauner Seide waren die oberen Flächen bespannt. Der Apparat, vielleicht dreißig Kilo schwer, wurde am Rücken getragen. Nach dem Start war es möglich, eine der beiden Sauerstoff-Flaschen als Sattel zu benützen. Einen Nachteil hatte unsere Maschine: man konnte mit ihr nicht zur Erde zurückkehren und mußte deshalb viel Brennstoff mitführen.

Es war im Frühsommer, durch das offene Fenster drang der betäubende Heuduft, der den ersten Abendtau ankündigt. Der Himmel verhieß eine windstille Nacht und eine Reihe schöner Tage. Da tauchte in der vergitterten Luke B. auf. Er glitt dem Wald entlang, stieg rasch und hob sich jetzt scharf gegen den hellen Grund ab.

Im Dorf schien niemand den Himmel zu betrachten. Was ihnen gehörte, war mit der Erde verbunden und hatte Fundamente oder Wurzeln; ein Traktor rumpelte vorüber, die Kuhglocken läuteten. Aber mit weit ausgespannten Flügeln versank der Flieger im strahlenden Vorhang aus Licht. Ich starrte hinauf und keine Wolke war da, meine Einsamkeit zu teilen.

Die Ärzte beschlossen, mich wieder in die Gesellschaft einzugliedern. Deshalb wurde mir der Wärter Brahm zugeteilt.

Er betrat meine Zelle zum erstenmal, als draußen ein Vogel sang.

»Buchfink«, sagte er, »hörst du?«

Von hinten war er einem Soldaten ähnlich in seinem derben Zeug, dem breiten Ledergürtel, den Gamaschen, den schwarzen Schaftschuhen.

»Was ist los«, fragte ich zurück, »Buchfink?«

»Übermorgen kommt die erste Amsel«, sagte er zur Wand. In vierzehn Tagen blühen an der Sonnenseite Leberblumen.«

»Du solltest dich doch ans Haus gewöhnt haben.«

Er seufzte bloß.

»Seit sechs Monaten leide ich«, sagte er. »Dieser Wohnblock, verdammt. Da war mein großer Karren besser; im März stellte ich ihn am Waldrand auf, eben.«

Er ließ den Satz offen, schloß aber das Fenster.

»Setz dich«, sagte ich zu ihm, übers Papier gebeugt, so, als hätte ich nicht zu schreiben aufgehört.

Er starrte mich an.

»Es liegt im Blut, ich kann's nicht wegbringen.«

»Was denn, Brahm?«

»Das Herumziehen. Jetzt ist's ja verboten worden«, und schwerfällig erhob er sich. »Jetzt werden wir in den Wohlfahrtsstaat eingebaut.«

Er verließ die Zelle. Ich hörte den Schlüssel im Schloß, ein Geräusch, das an Ironie jedes andere übertrifft.

Brahm kehrte später zurück, Feierabendwünsche im Mund; es war dunkel geworden, der Buchfink hatte sich schlafen gelegt.

»Centre atomique, hallo, hallo, centre atomique. Le monde va éclater dans dix minutes:« Meine Begrüßung.

Er warf die Mütze auf die Pritsche.

»Was machst denn?« erkundigte er sich höflich von dort aus.

»Schreiben.«

Ich spürte die Verwunderung über diese stereotype Redewendung und bedauerte meine Unvorsichtigkeit. »Hast du nie gesehen«, sagte ich, »einen Kerl, der immerfort schreibt. Aber die da oben zwingen mich dazu, weißt du.«

Er, begütigend, die Hand am Kragen: »Na, du bist ja auch krank, was?«

Ähnlich hatte er mit seinem Pferd gesprochen,wenn die Bremsen es verrückt machten. Und jetzt war er gezwungen worden, Karren und Pferd zu verkaufen und seßhaft zu werden.

In unser stockendes Schweigen sprang plötzlich Licht aus der gittergeschützten Glühbirne. Knopfdruck in der Zentrale, und Licht in vierunddreißig Zellen. Ich hörte, wie die Tür sich öffnete, sich schloß, und ich hörte den Schlüssel im Schloß. Ich richtete mich auf. Über dem linken Auge pochte der alte Schmerz. Ich tastete mich zur Pritsche, die noch warm war von Brahm und wühlte den Kopf in die Kissen.

Auch Zuckauge, der Hilfspfleger, holte mich oft. Ich versuchte nie, mit ihm ins Gespräch zu kommen. Die Wesensart eines Menschen sickert in mich hinein, und wenn ich Zuckauge empfehlen müßte, würde ich das Gerücht weitergeben, er sei vor seiner Anstellung Patient der Nervenheilanstalt gewesen und nicht entlassen, sondern gleich in den unteren Beamtenstab aufgenommen worden. Hinter mir schloß Zuckauge die glatte, massive Stahlabwehr, Tür, die mich in den Garten entließ. Ein Mann, die Hände am Rücken, ging auf den Steinplatten durch den schmutzfeuchten Rasen. Er strich an meiner

Bank vorbei, hob den Kopf, schnupperte kurz und sagte ins Leere hinaus: »Schätze, Sie sind Neuling.«

»Wiederholungskurs.«

»Ach, das sagten Sie schon gestern.«

»In diesem Fall wollen Sie mich bitte als eben Eingelieferten betrachten.«

Er klappte zusammen und untersuchte interessiert einen Fußabdruck im feuchten Sand.

»Ihr Abdruck?«

»Zweifellos«, teilte ich mit.

»Dürfte ich Sie bitten, ihn mir zu überlassen?«

»Er gehört Ihnen, mein Herr.«

Er begann mit beiden Händen zu graben.

»Ich möchte Sie doch darauf aufmerksam machen, daß ein Brett Ihnen die besten Dienste leisten würde«, sagte ich. »Wie wollen Sie das Stück sichern?«

»In der Tat«, er blickte sich suchend um, »auch ich sehe gewisse Schwierigkeiten voraus.«

Der als Gärtner getarnte Aufpasser in grün leuchtender, vertrauenerweckender Arbeitsschürze hatte sich an einem weit entfernten Bäumchen zu schaffen gemacht. Der Stapfensammler rief ihn herbei, erklärte geduldig, »ein Brett, sehen Sie, damit ich den Abdruck nicht verwische. Es ist ein außerordentlicher Abdruck, man würde auf ein Huftier schließen, hätte nicht der Herr die Urheberschaft auf sich genommen«, und der Gärtner hob die Hände, zeigte drei Richtungen, ballte die eine Hand zur Faust und legte sie über die hängende andere, was wie Ergebung aussah.

»Ich verstehe«, sagte der Stapfensammler, »Sie sind auf der andern Seite. Mein Herr, wir sind Feinde. Wie steht's mit Ihnen?«

Ich wußte nicht, wie's mit mir stand.

»Sind Sie Sioux oder Apache?«

»Beides.«

»Ihre Mutter muß viel Sex-Appeal gehabt haben, mein Herr.«

Inzwischen hatte der Gärtner seine grüne Schürze ausgezogen. Er und der Apache hoben den Abdruck gemeinsam: in der Schürze zerfiel er augenblicklich. Doch während sich der Fährtenleser bewundernd über das Tuch neigte, traf ihn der Gummistock des Gärtners an die Schläfe. Mit einem röchelnden Hi-Hi brach der Indianer zusammen.

»Er hat mich angegriffen, verstanden«, sagte der nicht mehr stumme Gärtner zu mir. Den Stock hielt er noch offen in der Hand.

»Jawohl, Herr.«

»Und sei nicht so hochmütig, du. Man sollte dir mal dein feines Haar scheren. Wie alt bist du denn?«

»Einundzwanzig.«

»Sieh dir den an«, der Gärtner schüttelte den Kopf, »einundzwanzig und spielt noch den Jüngling wie ein Normaler.«

Er stieß mir leicht den Stock vor die Brust.

»Spinn mir was vor, du, aber rasch. Sonst helf ich dir mit meinem Busenfreund da.«

»Meine Eltern ziehen Wellensittiche auf«, sagte ich. Der Gärtner riß die Augen auf.

»Du machst dich wohl lustig über mich, wie?«

»Sie leben von den Schwänzen«, fügte ich hastig bei. »Sie besitzen verschiedene Federgeschäfte: Hutfedern, Uhrenfedern, Flugzeugfedern, Federgewichte, Federspiele, Federgras, Federlinge, Federmotten, Federvieh,

Schrauben-, Kegel- und Blattfedern. Zwanzig Mieter lang werden die Schwänze unserer Wellensittiche. Man schneidet sie alle sechs Monate, damit sie besser nachwachsen.«

Der Gärtner lachte mich an.

»Verrückt bist du schon«, sagte er friedfertig.

IV

Brahm brachte die Nachricht: ein Maskenfest hatte stattgefunden. Er legte den Kopf an die Wand und starrte ins Fenster hinauf. Ich hörte das sanfte Dröhnen des Flugzeugs. Wie oft hatte ich dagestanden, um es zu sehen, schimmernd fern, unangreifbar wie ein Versprechen.

»Panam«, sagte ich, »Sechsuhrkurs.«

Brahm wandte sich um.

»Richtig, am Donnerstag«, sagte er mit einer heiseren, warmen Stimme. Das Mißverständnis brachte uns auf dem kürzesten Weg ins Gespräch. Unten grub der Gärtner ein Loch. Da sollten die Kleider verbrannt werden. Der Spaten knirschte, Schollen fielen, und in der Zelle verbreitete sich der Geruch frischer Erde. Im Fenster zerfloß der Rauch meiner Zigarette.

War ich allein, wenn die Angst kam, lief ich in der Zelle auf und ab. Man sah die Spur am Boden. Sie führte der Wand entlang, über die Pritsche hinweg zum Fenster und zurück.

»Ich hatte den Karren frisch angemalt«, sagte Brahm. »Hübsch trocken sind die Waldränder schon, verlaß dich drauf, und in den Dörfern beginnen dies Jahr die Ostermärkte früh.«

»Die breiten Straßen, Brahm. Die Feldwege.«

»Sie haben ihn mir weggenommen.«

»Oder mit dem Flugzeug, Brahm. Oh, Flucht.«

»Ich kann nicht.«

»Durch die offene Türe.«

Er schüttelte unbeholfen den Kopf: »Ich kann nicht.«

Ich spürte die Messer. Ich spürte alle Narben im Gesicht. Ich spürte die würgenden Hände, die Lasten auf den Augen und die Fesseln an den Gelenken.

Der Rauch meiner Zigarette hatte einen unbeschreiblichen Duft. Leise zischend rückte die glühende Spitze handwärts vor und ließ schuppige, leicht fallende Asche zurück. Der Schleier vor dem Fenster filterte das Licht. Es fächerte sich zu Streifen auf und sammelte sich am Mittelstab zum festen Schatten. Viele Stimmen waren im Garten. Stimmen und Feuer. Die Verrückten verbrannten ihre Krankheit.

Meine Zelle war offen. Ich trat vor die Türe. Die Korridorfenster blendeten. Vom Geländer geschützt, senkte sich die Spirale behauener Quader. In diesem Haus gab es keine Fliesen; doch war die Freiheit so beschaffen, daß der halbe Bogen des fernen Gartenweges meinem Gefühl unvermutet und genau entsprach. In ihm wurde es unwirklich. Und auch hier war zuviel Licht.

Ich trat zurück in die Treppe, ungesehen. Die Zelle nahm mich wieder auf, ein schweigender, dunkler Schoß.

Drei Tage später, am 11. September 1961, wurde ich aus der Klinik entlassen. Ich war, sagten die Ärzte, unheilbar krank, und die Krankheit verlief plangemäß. Die Anfälle traten häufiger auf, dauerten länger, und bald mußte sich Schaltenbrand an die Arbeit machen.

Ich sollte ins Brandmoos zurückgeschafft werden; er hatte auch für Uelu das Kreuz gezimmert. Er verband die Balken mit Tischlerleim. Oft hatte ich ihm an Markttagen in Langenthal die gallertartige Masse besorgt. Zu Hause legte er sie ins kalte Wasser, bevor sie im Wasserbad aufquoll. In Lacrimis, mußte ich sagen, wenn ich den Leim beim Händler holte.

War das Kreuz im Rohbau fertig, schnitzte Brienzer den Namen hinein. Vielleicht auch eine Taube, einen Palmzweig oder einen Engel. Er hatte mir, als wir Uelu beerdigten, das Album mit den Vorlagen gezeigt.

Wieder bestieg ich, von zwei Wärten gestützt, den Greyhound; aber diesmal setzte man mich neben den Führer. Nicht einmal die Hosenträger wurden mir genommen. Es war, glaube ich, ein schöner Tag, und im Brandmoos-Hof hingen an neuen Wäscheleinen die Badehosen der Zöglinge. Man bereitete mir das Bett in der Zelle, die ich früher schon bewohnt hatte. Wie dünn die Mauern waren. Ich hörte die Jungen heimkommen und zum Nachtessen antreten. Der Verwalter hatte alles getan, um ihnen meine Rückkehr zu verheimlichen; aber Schnorrer ließ sich nicht täuschen. Er hatte Freunde im Dorf, er las die Spuren im Hof, er fand die Papierkugel, die ich vor seiner Familien-Unterkunft hatte fallen lassen.

Wenn eines Tages Speisezettel heimlich von Hand zu Hand gehen: Bratkartoffeln, Schokoladen-Eis, ist er auf der Hut.

Brienzer war einst, ich weiß nicht mehr weshalb, gefragt worden, ob ein Auto als Fleckenmittel zu gebrauchen sei, und er hatte die Frage mit Ja beantwortet. So leicht war er einzuschüchtern.

Aber Schnorrer. Oh, er wird nicht schweigen.

Nun also da.

Durch Geräusche war ich mit der Außenwelt verbunden; der Tag begann mit Schaltenbrand auf der Treppe, dem traurigen Schlurfen seiner Füße in der frühen Stille und endete mit dem Rundgang des Verwalters durch Schlafsäle, Ställe und Zellen, spät abends.

Eine Bemerkung, halblaut dem Aufsichthabenden zugeraunt, durchdrang alle Wände. Amen, sagten sie in den Schlafsälen nach dem Gebet, ein Chor im Selbstgespräch, sagten es in die Weite verlöschender Lampenfelder, aus der ihnen Träume entgegenstiegen. Schaltenbrands Schützlinge wiederholten mit schweren Zungen noch die neugelernten Esperanto-Vokabeln; dann brachte sie der Schlaf zur Strecke.

Ich hatte mir nach der Flucht die Nächte mit Leibesübungen vertrieben. Dem Wärter am Guckloch zeigte ich Klimmzüge im Fenstergitter oder Hechtrollen am Boden. Die Papierbogen faltete ich zu Schiffen, Admiralshüten und Flugzeugen. Esperanto erwies sich erst später als eine Sprache, geeignet zum Lügen.

Ich glaube, die Zeit ist gekommen, vom Verdacht zu sprechen.

Ich gestehe also: In La Chaux war ich schon im Frühherbst verhaftet worden. Man verdächtigte mich des Mordes an Véronique Schneider.

Daß sich die Behörden heute an einen solchen Fall nicht mehr erinnern wollen, daß sie von Irrtum reden und sogar behaupten, eine Frau dieses Namens habe es in der Gemeinde nicht gegeben, beweist ihre Absicht, mich, egal wie, zu beseitigen. Als später Befragungen stattfinden sollten und Detektive ins Dorf kamen, wurde die Anklage zurückgezogen.

La Bocca, Sie werden mir verzeihen, daß ich hier Ihren Namen preisgebe. Er, der berühmte Architekt, war es, der mir in Langenthal Gastfreundschaft bot. Sein Sohn Alberto hatte mich an jenem Morgen des 6. Juni an der Autobahn Romanshorn-Genf aufgelesen. Es war, nach einer kalten, sternklaren Nacht, in der die kleinen, grünen Kirschen erfroren, ein heller Morgen, und Alberto ließ in seinem Ford-Cabriolet die Heizung für mich laufen.

Er war seltsam bleifarben im Gesicht, blaulippig, von einer unmenschlichen Diät ausgezehrt, schon ganz in seiner Krankheit aufgegangen, und den Wagen hatte er zum sechzehnten Geburtstag geschenkt bekommen, weil er, wie die Ärzte behaupteten, das zur Führung von Motorfahrzeugen vorgeschriebene Alter von neunzehn Jahren nicht erreichen sollte.

La Bocca, sein Vater, in dessen Familie die Herzkrankheit sich erhielt, war vor fünfunddreißig Jahren als arbeitsloser Maurer in die Schweiz eingewandert und hatte immerhin seinen Namen schreiben gelernt, so daß die Verträge mit Banken und Gewerkschaften, mit politischen und privaten Institutionen jenen Gesetzen des Staates entsprachen, denen drei Kreuze nicht genügt hätten. Er hatte die unfruchtbare Liebe der Berner zu ihrer Altstadt dazu benutzt, unangefochten einen Vorort von vierundsiebzig Blöcken anzulegen; die Verwandten aber mit den Großeltern, die man aus Neapel geholt, lebten seither in einer Langenthaler Villa. Sie war im sechszehnten Jahrhundert errichtet, im achtzehnten umgebaut und im zwanzigsten den Bedürfnissen der Sippe angepaßt worden. Acht Kalksteinsäulen sowie eine Freitreppe hatte man entfernen lassen, Komfort hingegen, Ölheizung und Schwimmbad, war hinzugekommen. Weshalb hätte ich mich wundern sollen, an den Wänden Bilder von Buchser und Hodler zu entdecken und in Teppichen aus China zu versinken?

Im engsten Familienkreise berichtete Alberto meine Abenteuer, und da er seines Herzens wegen geschont werden mußte, durfte ich im Hause bleiben. Die Dienstboten stellten keine Fragen, und noch vor dem Abendessen hatten sich Kleider gefunden, die mir paßten. Bei Tisch rückte ein Diener auch meinen Stuhl, doch blieb ich stehen wie die andern, bis plötzlich die Flügeltüre aufgerissen wurde, Kerzen im Dielenleuchter flackerten und La Bocca an der Spitze einer kleinen Gesellschaft erschien. In dieser Sekunde begann ein schwarz gekleideter Mann am Harmonium zu arbeiten, und wir setzten uns auf die vorderste Kante des barocken Gestühls.

La Boccas Schwiegermutter, vor vierzehn Tagen an einem Krebsleiden gestorben, Alberto und Ernestine, [seine Schwester, von der man nicht sprechen durfte, weil sie Schande über die Familie gebracht hatte], fehlten. Ihre Gedecke waren dennoch auf dem Tisch; vor dem einen brannte eine Kerze.

Nach dem so gut gelungenen Abend verbrachte ich sechs weitere Tage in Albertos Haus. Ich lernte den Harmoniumspieler und seinen Ersatzmann kennen, der zwar nichts von Musik verstand, dafür aber eine auserlesene Sammlung von Sparbüchsennegern besaß. Er zeigte mir die in Warenhäusern und Kapellen häufigen Ja-Sager, gewöhnliche, auf Missionsarbeit hinweisende Gipsfiguren. In Afrika, sagte er, werden dieselben Modelle hergestellt, nur sind es Weiße, die auf farbig bemalten Holzkasten thronen und nicken, wenn eine Münze sie dazu veranlaßt.

Nachdem er die Türe abgeschlossen und sich vergewissert hatte, daß wir allein im Zimmer waren, holte er aus einem Geheimschrank die seltenen Exemplare hervor: Kopfschüttler und Ungläubige, die aber nur auf größere Beträge reagierten, Mulattenmädchen, denen man einen Schein unter den Rock schieben mußte, einen Schweizer Alphornbläser, der den Stand des Ersparten an einer Skala bekanntgab, einen Deutschen, der sich vor einem andern Deutschen verbeugte und »Meister« sagte. Meister nannte auch Alberto seinen Lehrer, einen mageren Herrn.

Er kleidete sich mit Vorliebe in englische Stoffe, hatte ein Buch gegen den Marxismus geschrieben und gab mir am Ende der Woche den Rat, das Haus zu verlassen.

Alberto war mit seinem Vater zu einer Italienreise aufgebrochen, und die Residenz schlief im frühen Morgen, röchelnd aus weit offenen Fenstern. Obwohl Sonntag war, arbeitete der Gärtner im Park. Ich holte sein Rad im Schopf, und während der berühmte Arzt in Mailand bedauernd den Kopf über Albertos Herz neigte, bog ich in den Kirchstalden ein, ins Predigtgewühl einer sonntäglich aufgemachten Menge.

Das Fahrrad trug den Namen: Cycles-Wolf.

RUNDBUCKLIG, widerborstig, verschlagen, hockten die Hügel im Grün, Warzen, scheitellos bewaldet. Eine Gegend für wühlende Wildschweine, feucht und schattig. Kein Acker lag flach, keine Wiese eben. Rinnsaldurchzogen, blatternarbig warf sich das Land und brach ab mit gut getarnten, aus vielerlei Gesteinsarten zusammengebackenen Felswänden. Von Sonne getroffen, beherrschte ein Bauernhaus den Berg, und schon senkte sich der Waldweg. Steine spritzten unter den Rädern meines Vehikels weg.

Behende löste sich, die braungrün gescheckte Plane auf den Schultern, ein Soldat aus dem Wurzelwerk.

Mit Mühe brachte ich das Rad zum Stehen.

»Ihren Passierschein«, sagte er.

»Meinen was?«

»Ihren Passierschein.«

Im Dickicht entdeckte ich erst jetzt die mit Zweigen und Netzen bedeckten Lastwagen und Anhänger.

»Nein«, sagte ich. »Wird da geschossen?«

Er nickte.

»Dann geh ich wohl am besten zurück.«

»Können Sie nicht«, sagte er lakonisch. »Das wäre gegen die Vorschrift. Wissen Sie, Leopard I, Manöver.«

Davon wußte ich nichts.

»Doch, das haben Sie bestimmt gelesen«, meinte er. »Alarmstufe Leopard I. In allen Zeitungen steht's.«

Er führte mich zum Posten.

Auf beiden Seiten stieg der Wald steil an; Flucht war unmöglich. Überall lagen Leute in Deckung; unter Bäumen, in Scheunen, in ungemähten Wiesen. Da froren sie, warteten und lasen Kriminalromane. In den Wagen schliefen blaugekleidete Fahrer.

Am Bach lag Schnee in schmutzigen Flecken.

»Aufpassen«, brummte der Führer. Er war ein schweres Stück Mann und kannte die Heimtücke des Sumpfes. Nach einer halben Stunde erreichten wir die Niederlassung. Vor einem langgezogenen Zelt lagen auf hölzernen Tragbahren die Verwundeten.

Zwei starke Lampen erhellten die Operationsstelle.

Unförmige Schatten glitten an den Wänden hin und her. Später sah ich auch die Aggregate, tief eingegraben, von Soldaten bewacht, die auf einem Benzinkanister würfelten.

Ich wurde zum Hauptmann geführt. Er hatte am frühen Nachmittag Eierschwämme gefunden und war eben damit beschäftigt, sie nachzusehen.

Als Junge, sagte er, habe er einmal Knollenblätterpilz für grünen Täubling gehalten, und ich verstand seine Vorsicht. Ich beschloß, mich als Verirrten auszugeben. Ich hieß Moser, war Schlosserlehrling und kam aus Langenthal.

Der Offizier hatte sich ruhig die Mütze aufgesetzt. Jetzt plötzlich streckte er sich und brüllte: »Sanitätssoldat Ganz!«

Zwei Minuten später stand Ganz in einer nachlässigen Hab-Acht-Stellung vor uns. Stirn und Wange waren von einer Narbe gezeichnet. Ein Messer war gegen ihn geschleudert worden; gewöhnliche Stich- und Schnittwunden vernarbten anders.

»Ganz, Sie sind für den Autoklaven verantwortlich?«

»Zu Befehl.«

»Wer ist außer Ihnen da?«

»Sanitäts-Bader und Steffen zwei.«

»Und wie viele Schimmelbusch-Trommeln hat die Abteilung?«

»Sechs.«

»Ist der Apparat in Betrieb gesetzt worden?«

»Ich habe.«

»Ja oder nein.«

»Nein«, sagte Ganz.

»Und weshalb nicht?«

»Er ist defekt.«

»Das sagten Sie mir bereits vor einer Woche. Was haben Sie also unternommen?«

»Nichts.«

Der Hauptmann lehnte sich zurück.

»Nichts, da haben wir's. Eine unzuverlässige Armee setzt sich aus unzuverlässigen Soldaten zusammen, Ganz. Verstanden?«

»Zu Befehl.«

»Wie heißt das?«

»Zu Befehl, Herr Hauptmann.«

»Ruhn. Hier haben wir einen Schlosserlehrling. Lassen Sie den Mann die Sache in Ordnung bringen.«

Er war aufgestanden.

»Da ist noch etwas«, sagte er.

»Sie kommen aus Langenthal, Ganz; kennen Sie da einen Moser?«

Ganz hob den Kopf; sein Blick blieb an meinen Händen hängen.

»Ich wohne im obern Dorf, Herr Hauptmann«, sagte er. »Möglich, daß es im Schachen einen Moser gibt.«

»Ja, gut«, sagte der Hauptmann, »ich verstehe. Wir erwarten den Herrn Abteilungsleiter im Verlauf der Nacht. Es ist möglich, daß er die Anlage in Augenschein zu nehmen wünscht. Sie können verfügen.«

Wir verließen schweigend das Zelt. Die Sonne, die noch vor einer Stunde am Hügelrand taumelte, war in den Wäldern ertrunken.

Ich schob mein Rad. Ganz hatte die Taschenlaterne aus dem Brotsack geholt. Nach einigen hundert Metern erreichten wir die Sterilisations-Stelle.

Sie war gut getarnt. Zeltplanen waren zu einer Art Dach

zusammengebaut worden, und in seinem Schutz lagen die Gehilfen Steffen und Bader. Auf einem in nächster Nähe angelegten Feuer kochte Wasser. Auch der eine der beiden Apparate war in Betrieb.

»Schnaps«, sagte Steffen zum drittenmal.

Ganz reichte ihm die eigene Flasche hinüber.

Das Feuer flackerte, Schatten fuhren über seine Stirn, huschten über seine Zähne, sprangen ihm aus den Augen; in seiner flachen Hand lag auf einmal eine vernikkelte Schraube.

»Die fehlt dem Kasten«, sagte er. »Die Schraube zum Ventil Nummer vier. Gelenkte Sabotage.«

Wir gingen hinüber. Bader folgte uns seufzend. Er war der Heizer.

Während wir das Ventil in Ordnung brachten, legte er sein Taschentuch in die oberste Trommel. Sterilisationsgut einfüllen, nannte er diese Operation. Auch die Manometer wurden eingeschraubt.

Plötzlich lebte der Wald, Leuchtraketen stiegen auf; Soldaten rannten vorüber. Die ersten hatten schon ihre Gasmasken übergezogen. Im Laufen warfen sie sich das Zelt auf die Schulter.

»Atomalarm«, sagte Ganz. »Wenn die Bombe kommt, hat der Schweizer Soldat rasch ausgelitten. Mit einer solchen Schnauze möchte ich nicht krepieren.«

Wir holten im Unterstand die Gasmasken, und ich verkroch mich in den Zeltplanen. Sie hatten Steffens Geruch angenommen. In Ganzens Brotsack fanden sich zwei Notrationen. Auf den Plasticsäcken waren die Kalorienzahlen rot angegeben.

Sie waren zurückgekehrt; das Feuer glühte nur noch schwach. Baders Stimme weckte mich. Steffens Helm kollerte ins Reisig.

»Gehab dich wohl«, maulte Steffen, »Notrationenfresser.«

Bader fachte das Feuer an.

»Wie war der Kaffee?« fragte Ganz.

»Fein.«

»Sobald wir Dampf auf der Kiste haben, gibt's neuen. Überdruckventil, 140 Atü; damit machen wir den tollsten Espresso.«

Steffen meldete sich: »Der Schlosser könnte Schnaps holen, was meint ihr?«

Sie nickten und übergaben mir Taschenlampe und eine flache Feldflasche. Steffen erklärte den Weg: da rechts, dort links, Anstieg zum Waldrand, Straße, Wirtshaus; und er gab das Geld.

Voller Geräusche war das Dunkel. Metall tönte auf Metall und rief in den flüssigen Schatten festere Schatten hervor. Die in den Bäumen schwebenden Scheinwerfer vermochten nicht, das Stöhnen und Schnarchen der frierenden Schläfer sichtbar zu machen; nur die Zeltumrisse warfen sie zwischen die Stämme und die Schattenfiguren der beiden Wachtposten. Die Kälte kroch unters Hemd. Längst hatte ich Weg und Einstieg verfehlt; anders war es ja auch nicht zu erwarten. Nach einer schwierigen Kletterei am Bord wurde mir warm. Am Waldrand vermutete ich die Wachen. Die Laterne blieb in der Tasche. Unangefochten erreichte ich die geteerte Kantonsstraße. Drüben lag das Wirtshaus mit schwerem Dach und verhängten Fenstern. Auf dem freien Platz standen Militärfahrzeuge: Jeeps, ein Oldsmobile, ein Nash und ein Cadillac. In der offenen Scheune zeigte sich niemand; die Posten waren eingezogen worden. Eine schwarze Hand am Pfosten wies den Weg zu den Aborten; auch da bewegte sich nichts. Die Haustüre war angelehnt; kleine Emailschilder bezeichneten die einzelnen Zimmer.

In der Küche, die Hände mit einem Wurstring gefesselt, traf ich den Wirt. Er vergaß, den Eisschrank zu schließen, und unwillkürlich versuchte ich, mich vor seinen ungläubig starrenden Augen klein zu machen. »Muß ihn abtun«, sagte er, mehr zu sich selbst.

Ich wies auf die Flasche.

Er warf die Würste auf den Tisch und ging hinaus. Ich hörte ihn einen Namen rufen, dann ein Winseln und das Rasseln der Kette.

Oben lachte ein Mann; ein Mädchen gab Antwort; jetzt lachten beide. Dann war es still. Die Wanduhr lag am Boden; drei Kugeln hatten sie stummgemacht. Auf dem Brett in der Anrichte lagen Strümpfe und Schuhe von zwei Frauen.

Der Wirt kam zurück.

»Kostet nichts«, sagte er, »dein Schnaps. Geh jetzt. Der Hund ist angebunden. Und erzähle keinem davon, hörst du?«

Er wies mit dem Kopf zur Anrichte hinüber.

Die Straße phosphoreszierte. Ein Geräusch war da, und ich wußte nicht, war es das Murren eines Hundes auf heißer Fährte oder der Lärm der Lichtmaschinen.

Es waren die Maschinen. Bald sah ich in den Bäumen die großen Scheinwerfer.

»Schnaps«, sagte Steffen im Unterstand. »Der Schlosser kommt.«

Er setzte die Flasche an; sie blieb an seinem Kinn stehen. Hustend sprang er auf: »Kirsch«, hustete er, »das ist ja reiner Kirsch!«

Die andern lachten, und Ganz machte sich am Dampfventil zu schaffen.

»Kaffee wird dich heilen«, sagte er, »kick mir die Gamelle nicht ins Feuer.«

Der Kaffeeduft lockte unförmige Gestalten in den Lichtkreis; bald machte die Gamelle die Runde. Der dicke Feldwebel wunderte sich über meine Anwesenheit; er durfte als erster trinken.

»Heiß«, sagte er; er trank hastig, in kleinen Schlücken. »Fein.«

Wir tranken alle. Es wurde still. Die Männer starrten ins Feuer. Sie hatten sich die Zeltplane über Rücken und Schultern gelegt und den Kopf tief eingezogen. Einer rauchte; er hielt die Zigarette so, daß die aufglühende Spitze von der Hand verdeckt wurde. So leise wie sie gekommen, stahlen sie sich ins Dunkel zurück. Bader scharrte mit einem eisernen Haken die Glut aus den Heizrohren.

»Ich übernehme die erste Wache«, sagte er. »Dann hole ich Steffen.«

Steffen lag reglos, den Mund geschlossen, in der einen Hand die Flasche. Wir schoben ihn an die Wand. Lange beobachtete ich die zuckenden Kringel über mir; Bader schürte das Feuer.

»Ganz«, sagte ich leise, »he, Ganz!«

Seine Narben waren mir eingefallen.

Ganz schlief schon.

Schließlich: er hatte mich auch nicht gefragt.

Welch feindseliges Erwachen, wenn jedes Ding außerhalb seiner selbst liegt. Die Mannschaft war besammelt worden, ächzend verrichtete das Lager seine Arbeit. Soldaten eilten durch den Wald, Meldefahrer kamen und gingen. Hinter einem der Küchenwagen bildete sich die lange Schlange; Ganz kam zurück, Käse und Brot im Sack, Kakao in der Gamelle. »Ich könnte unsern Fahrer überreden, dich unter der Plane zu verstecken«, sagte er. »Wenn du mitkommen willst.«

»Wohin denn?« Er zuckte die Schultern und lachte.

»Wohin, fragt er, Bader, Steffen!«

»Der Lagebericht ist folgendermaßen«, sagte Bader mit gespieltem Ernst.

»Der russische Angriff konnte, dank einer raschen und genialen Reaktion unserer bewährten Heerführer, abgewehrt werden. Heldenhaft schlug sich die Infanterie am Brückenkopf Langnau. Pontoniere bauten einen Notsteg über die Emme, wodurch der rote Keil zerschnitten wurde.

Zivilbevölkerung unterstützte die Heerführer in allen Operationen. Jawohl, meine Herren: der Wehrwille des Volkes bleibt ungebrochen.«

»Du solltest eine Landkarte zur Verfügung gestellt bekommen und einen Marschallstab«, sagte Ganz. »Vielleicht auch ein paar Fahnen blau und grün.«

Noch vor dem Essen war der Platz geräumt. Die Zelte des Unterstandes zerlegten wir erst, als das Material auf die Anhänger verteilt worden war.

Sechs Stunden später verließ ich die Truppe während einer Rast. Ich hätte mich gerne von Ganz verabschiedet, befolgte aber seinen Rat, mich, wenn ich türmen wollte, nicht nach ihm umzusehen.

Der Wald hier unterschied sich in nichts von jenem dort. Ich schob mein Rad hangaufwärts, dem Wegweiser auf der Kuppe entgegen. Im Dorf, nach einer langen Abfahrt, wurde ich von der Heerespolizei in Jura-Richtung gewiesen.

Wolkenkolosse am Himmel schoben sich stumpfnasig ostwärts, den Bauch von Regen aufgetrieben.

Die Frühjahrskälte der großen Wälder war überwunden. Im Keller einer Mosterei fand ich Unterkunft. Wenn ich wach lag, schwankten die gewaltigen Fässer durchs Dunkel, eine lautlose Elefantenherde, runde Kühe und und junge Bullen. Betäubt ruhte ich in ihrem Dunst, während sich unter unsern Füßen ein Stück Dschungel zur Tenne verwandelte.

Doch der Mond nahm zu, und wir zogen uns in die Moorbäder zurück; oft lagen wir in seichten Flüssen. Selbst in meinen tiefsten Träumen umgab mich das Elfenbein. Von der Herde geschützt, schuppte sich mein Körper, und unter der rasch trocknenden Hülle straffte sich die neue Haut. Die Nächte waren nicht mehr zu fürchten.

ICH ERREICHTE La Chaux mitten in der Nacht.

Das Dorf bestand aus sechs oder sieben Häusern, einer schräg zwischen ihnen ansteigenden Straße, der Kirche und dem Wirtshaus. Es lag abseits unter Kastanienbäumen und war mit dem Hof La Bluande verbunden. Als ich den ebenen Platz vor dem Schulhaus betrat, schellte in der Kabine das Telefon.

Kein Mensch war zu sehen. Windböen klatschten den Regen an die kalkweißen Hausmauern. Nichts regte sich in den Fensterlöchern. Fern dröhnende Glocken waren wie Brandung in der Luft; aber wenn ich den Kopf wandte, sank das Brausen in sich zusammen, verwandelte sich zu einem hin- und herschlagenden Brett oder zum kreischenden Kessel am Zisternenhaken.

In regelmäßigen Intervallen klingelte das Telefon.

Mein Schatten, grob in der Vergrößerung, glitt bisweilen aus dem unaufhörlich vorüberhuschenden Gewimmel in den spiegelnden Bezirk der Laterne, und das Licht machte den Regen von innen her sichtbar. In windstillen Augenblicken sickerte die Hitze der vergangenen Julitage aus den Mauern; dann überwog wieder die schneeträchtige Sommernacht. Ich hatte den Kragen hochgeschlagen, die Hände in die Taschen vergraben, ich stand an einen Baum gelehnt. Wie Frostschauer teilten sich seine Erschütterungen mir mit. Der Stamm war verkrüppelt, die Äste hielten wenig Laub, und die Wurzeln fanden im brüchigen Grund keinen Halt. Weiß zischende, hoch vorüberfahrende Blitze, zu fern, um Donner hervorzubringen, ließen einen starken Fichtengeruch zurück. Ich holte eine Zigarette aus der Tasche, schützte sie, während ich mit der rechten nach Zündhölzern suchte, mit der linken Hand und brachte im zweiten Versuch die Flamme ins Kraut; der Rauch war heiß und beißend.

In einem kleinen Regenwirbel drehte sich das Hölzchen eine Weile, bevor es im Rinnstein mitgerissen wurde.

Das Telefon klingelte.

Eine Frau war am Apparat.

»Juillerat hat beschlossen, das Opfer heute nacht zu

bringen«, flüsterte sie. Dann war ein Summton zu hören; sie hatte aufgehängt.

Draußen war der geschwätzige Regen; an der Kabinenwand beschrieb er Figuren. Es war, als hätte sich die Zelle in Bewegung gesetzt.

Im Unterland traten jetzt die Flüsse über die Ufer. Der See stieg. Wer auf dem Hund ritt, mußte die Folgen bedenken.

Träge, als säße es unter der Haut, formte sich das Gefühl einer unbekannten Drohung. Der Mann, dem der Anruf gegolten hatte, war in der Nähe, hatte mich vielleicht beobachtet und überlegte sich, wie das Geheimnis von Juillerats Opfer gewahrt werden konnte. Ich schob die Tür auf; der Platz war leer.

Auf einmal merkte ich, wie rasch ich lief; das war, als ich von der Straße abkam. Sie hatte sich in Weide aufgelöst, oder ich war vom Wasser getäuscht worden, abgelenkt von dieser saugenden Leere, in der das Fehlende das einzig Wahrnehmbare blieb. Umgebung, namenlos, ohne Gesicht. Nicht hier. Nicht – nicht. Unbeschreiblich.

Im Fallen erst kam ich zu mir, vom Schmerz, der im geknickten Fuß brannte, gebändigt, und jetzt fühlte ich auch den federnden Boden unter den Händen. Noch während ich das Fußgelenk betastete, hörte ich die Schritte eines rasch gehenden Menschen, sah das runde, blaue Laternenauge an seiner Brust und den weißen Stock der Blinden.

Der Regen trieb mich weiter; er und die Nacht wurden eins. Ich dachte an den kommenden Morgen. Tannenbestückte Weiden voller Pferde, Sicherheit, grasende Kühe, Klötze in den vibrierenden Mittagsschatten, zuckende

Tierflanken, Fliegenschwärme, Wespennester, leichte Hufe und schwerfällige Zehen, verschlammte, radioaktive Wassertröge. Sichtbares Land jedenfalls, Ebene an Ebene gelegt, an der Zaunnaht leicht überlappt und mit tief in Dämmerung geneigten Horizontlinien.

Doch unvermutet setzte der Wind aus. Einen Schritt und noch einen, dann berührten meine Hände rauhen Verputz, eine Mauer. Mit der Mauer an zehn Fingern hatte ich auch festen Grund unter den Füßen. Ich tastete mich voran und spürte: dies war ein Haus. Geräusche drangen durch Wände und Boden. Ich dachte an Vieh im Stall; aber die Laute schienen aus einem unterirdischen Gewölbe zu kommen: Wasser der Zisterne, vielleicht, oder der rutschende, durchlässige Kalkboden.

Es ist nicht schwer, diesen Boden zu öffnen. Die Erde selbst reißt sich zu moorigen Kesseln auf. Im Spätlicht schimmern die Steinköpfe. Über Nacht brechen viele der zum Trocknen aufgeschichteten Torfmauern ein, und die Trauergesellschaft, die sich an diesem Mittwoch bei Rey zusammenfand, besprach sorgenvoll den vor drei Tagen im Gewitter erlittenen Verlust.

In der Mitte der Stube, unberührt von weltlichen Geschäften, stand der Pfarrer. Er war in sein Buch versunken und beachtete die Eintretenden nicht. Schüchtern küßten sie seine rechte Hand, bevor sie sich einer der erregt schwatzenden Gruppen anschlossen. Als alle Gäste eingetroffen waren, gingen die Frauen durch die angelehnte Tür ins verdunkelte Schlafzimmer. Hier lag Véronique Schneider, die Wiedertäuferin.

In ungelenker Schrift und mit Kohle geschrieben, standen die Worte ›Zion‹ und ›König‹ an der hölzernen Bettstatt, und nun hörte man, nach einem kurzen, betretenen Schweigen, das Geflüster der Weiber, Loisens helle, beruhigende Stimme und das sanfte Sausen des Wedels, mit dem das Mädchen die Fliegen vom Gesicht der Toten fernhielt.

Die Männer hatten sich in die Küche zurückgezogen. Im Abwaschbecken standen Gläser. Rey füllte sie mit einem grünen Sirup, und wenn Santrol Wasser nachgoß, verfärbte sich das Getränk milchig.

In diesem Augenblick erst fiel mir Santrol auf, obwohl ich ihn im Cheval blanc, dem Wirtshaus, schon gesehen hatte. Dort war ich als Küchenbursche in Dienst gegangen, und es kam vor, daß ich für ihn dunkles Bier holen mußte. Seine Leber ist nicht in Ordnung, hatte der Wirt gesagt, oder seine Milz, frag nicht.

Wie er Rey folgte, die Karaffe in den weichen, schlaffen Händen, spürte ich zum erstenmal meinen Widerwillen. Stumm bot mir Santrol ein Glas an. Er hatte dunkle, ausdruckslose Augen ohne Wimpern. Sein Gesicht war fleischig und unbehaart; den Mund hatte er zu einem Lächeln gefaltet. Ich trank rasch. Der Alkohol trat schwer und summend in mein Blut über.

Eben waren, wie die dicke Marie, Hebamme und Leichenwäscherin unter der Tür verkündete, die sechs Träger, Burschen aus Les Breuleux, eingetroffen. Die Frauen hatten sich draußen um den Pfarrer geschart; einige lasen das Gesangbuch. Im Haus, hinter geschlossenen Läden, wurde der Sarg zugenagelt. Laut, durch nichts gedämpft, tönten die Hammerschläge. Dann erschien der schwankende Kasten im Flurschatten. Der Zug formte sich zögernd und widerwillig; Rey ging neben dem Pfarrer.

Erst folgen wir dem Feldweg, doch bei der zerfallenen Zisterne von Cervil wurden die Träger abgelöst. Von hier aus führte eine abschüssige, schmale Straße zum Bahndamm, und die Frauen ließen sich von ihren Männern am Arm führen.

Wir durchquerten das Weideland; die glühende Weite verzehrte uns. Fern lagen die Schatten der Tannen, kurz und rund.

Noch zweimal wurden die Träger abgelöst, bevor wir den Friedhof erreichten.

Die kleine, gesprungene Glocke versuchte, die Stille zu mildern. Ein samtgrünes Tuch war über den Taufstein gelegt worden. Man hatte sich vorbereitet. O ressuscité, sangen wir. Der Sarg blieb starr.

In der Bank vor mir saß Santrol, ins Holz geschmiegt, als wolle er heimlich Wurzeln schlagen und sich ernähren vom Schmerz, der Eingang in die Poren der rauhen Planken gefunden hatte, von der Freude, die, kaum gebunden, in den Fasern hing.

Er weinte.

So hatte er geweint, als er mich am Morgen nach jenem Gewitter im Schopf entdeckte und zum Patron führte. Und während wir Juillerat suchten, stammelte er völlig verstörte Worte vor sich hin, die ich nicht verstand. Wäre er nicht so kräftig gewesen, ich hätte ihn von hinten niedergeschlagen; aber er war größer als ich, breitschultrig, ein Hüne.

Juillerat, der eben die Schweine fütterte, war ein gemütlicher Mann mit einem vom Absinth gedunsenen, schlaffen Gesicht und leeren Augen. Er hörte sich Santrols unverständlichen Bericht so an, als denke er an etwas weit Entferntes, an eine Stimme vielleicht, die er einmal gehört und längst vergessen hatte.

Zwar stellte auch er mir Fragen; aber er hoffte nicht, dadurch etwas Besonderes zu erfahren. Es war seine Art, eigene Antworten zu erfinden.

Während er sich mit mir beschäftigte, goß er den Schweinen Futter in den Trog, teilte ihnen kräftige Fußtritte aus, leerte Kübel um Kübel einer besonderen Spreu über ihre Schnauzen.

Dann folgten wir Santrol in den leeren, halbdunklen Pferdestall.

»Es regnete stark, ich weiß«, sagte Juillerat.

»Im Sommer ziehen hier oft solche Gewitter auf. Gestern nacht bin ich aufgestanden, um die Fenster festzumachen.«

Er sprach bedächtig, wiegte den Kopf, während seine Hände sich ins Sägemehl bohrten.

»Und so verirrten Sie sich?«

»Jawohl.«

Schwalben zuckten durchs niedrige Tor. Ihre Nester hingen in den Deckenbalken.

»Die Leute gehen früh zu Bett«, sagte er, stieß den Sack um und ließ das Mehl auslaufen. »Haben Sie niemanden gesehen?«

Mit geschickten Bewegungen scharrte er den Pferdemist in den Schorrgraben.

»Im Winter«, sagte er, »ist es besser. Da sitzen die Männer im Cheval blanc, jassen, politisieren, und die Frauen lösen in ihrer Ecke Kreuzworträtsel oder betrachten die Warenhaus-Kataloge aus der Stadt.« Er stellte den Spaten in die Ecke und legte das Sägemehl aus. »Verirren kann man sich schon«, gab er zu. »Ich könnte Ihnen Beispiele erzählen. Unsere Juraketten sind nicht so harmlos wie die Alpen.«

Er war auf den Heuboden geklettert und sein Gesicht schwebte einen Augenblick zwischen den hochaufgeschichteten Ballen.

»Wie ist denn Ihr Name, Herr?«

»Moser, Rudolf Moser.«

Durch eine Luke fiel in regelmäßigen Abständen Heu in den Futtergang. Fragen fielen.

»Wann rücken Sie in den Militärdienst ein?« [Er hatte mein kurzgeschnittenes Haar beachtet.]

»Ende August.«

»Wo?«

»In Payerne.«

»Zu welcher Truppe?«

»Feuerwehr.«

Vorsichtig, den Bauch an die Leiter gepreßt, stieg er herab. »Sie könnten im Cheval blanc nach Arbeit fragen, Moser«, sagte er. »Ich werde den Wirt verständigen.«

Es bedeutete, daß er mich unter Aufsicht behalten wollte. Er mußte herausbekommen, was ich in seinem Haus gehört hatte. Die Drohung war: Verirren kann man sich schon. Ich könnte Ihnen Beispiele erzählen.

Draußen am Kuhgatter wartete Santrol. Von seinem Standort aus überblickte er den ganzen Hof, die drei Gebäude und einen Teil der angrenzenden Weiden. Die Hände im Gürtel, hielt er sich auf dieser kleinen Anhöhe, lässig wie der Held im Western, mit viel Himmel im Rükken und dem reinlich gekehrten Platz an den Stiefeln. Daß er einen dicken Hintern und geweint hatte, konnte man auf diese Weise nicht erkennen.

Jetzt, in die Bank geschmiegt, weinte er ebenso. Verlegen erhob sich die Gemeinde im Amen des Pfarrers. Loise und Rey wurden nach den Anweisungen des eifrigen Zeremonienmeisters umringt und ins Freie geleitet, während wir den Sarg durch einen Nebenausgang zum Grab schafften. Vater Tschanz, der Wirt, ließ es sich nicht nehmen, den Kranz aus Tannenzweigen und roten, kleinen Nelken, [Blumen, die selbst in dieser Höhe wachsen], zu tragen. Unter den Klängen des Harmoniums entrollte der Chor seine schwarzumflorten Fahnen. Lehrer Großrieder, ausnahmsweise nicht in weißen Turnschuhen, streckte beschwörend beide Arme nach seinen Sängern aus. Etwas lockerte sich in den Mienen der Leute, und gleich darauf entquoll Gesang den offenen Mündern. Santrols Tenorstimme, [der Tod singt], hüllte uns in eine feuchtwarme, Fliegen anziehende Duftwolke. Die Fähnriche begannen, ihre Tücher über der Grube zu schwingen; aus rot-schwarzer Seide gaben sie ein Banner voll Wind in die unempfindliche Erde.

Dann, in plötzlicher Eile, versenkten die sechs Träger die Kiste. Agoste war ans Grab getreten, immerfort nikkend. »Seine Tochter«, flüsterte mir Tschanz zu. Und: »Lauf nach Hause, Junge, sie sollen die Tische bereitmachen. In spätestens einer halben Stunde.«

Leise ächzend blieb er stehen, krallte sich die Hand da in den Buch, wo er sein Herz vermutete.

Ich erinnere mich an nichts anderes als an die Hitze auf dem Heimweg; Hitze, die in die Tannen fuhr, in den springenden Nadeln betäubende Gerüche löste und schwere, weiße Wolken in den Himmel setzte.

Es ist wahr, daß ich versuchte, einen Wagen anzuhalten und deswegen der Landstraße folgte. So entging ich dem

Anschlag. Viel später zeigte mir Jeanine den Hohlweg, der die Abkürzung ermöglichte.

»Hier lauerten sie dir auf«, sagte sie. »Lehmann lag in den Haselbüschen, und die beiden andern standen im Schatten der Bäume.«

Die Bäume waren krank. In ihren Kronen wucherten Mistelbesen.

Aber auch als Anhalter hatte ich kein Glück. Großrieder erwischte mich. [Spitzmaus, nannten ihn seine Schüler. Er bewohnte zwei Zimmer in Juillerats Hof Le Babylone, und die Türschlösser waren durch geheime Vorrichtungen gesichert.] Er lud mich ein, in seinem VW mitzufahren, und nach meiner Verhaftung behauptete er, auf dieser Fahrt ein Geständnis erhalten zu haben. Doch als er aufgefordert wurde, seine Wahrnehmungen schriftlich niederzulegen, verzichtete er.

Im Cheval blanc herrschte Hochbetrieb. Orpheline schleppte Flaschen.

Es roch nach Urin in der Küche. Der Pissoirüberlauf war verstopft, und in der neu gemauerten Rinne schwammen geplatze Kippen.

Man hatte auch für mich Arbeit mit dem schmutzigen Geschirr. Schwere Rauchschwaden verzehrten das gelbe Licht. Die Bauern aber wurden im Schnaps erst groß.

»Macy«, riefen einige immer wieder. »Wo ist Macy? Auf den Tisch, Macy!«

Nachdem sie ihn unter eine Bank gestoßen hatten, versuchte Tschanz nicht mehr, sie aufzuhalten. Zwei, acht, vierzehn Hände hoben Macy auf den runden Tisch.

»Tanz, Macy«, brüllte Lorioul. »Zeig's ihnen.«

Er war aufgestanden, hatte den Wurlitzer in Bewegung gesetzt und sich, wie immer, wenn er betrunken war, sein goldenes Medaillon übers Leibchen gehängt. »Allons, Macy, schön war's in der Legion!«

Macy war eine Maschine. Seine Beine Kolben. Erst leise, dann immer lauter stampften die andern mit. Vor und zurück. Die Frauen begannen, in die Hände zu klatschen. Im Augenblick waren die Tische an die Wand gerückt. Lorioul zerrte ein Mädchen zur Tanzfläche. Im Gewühl entdeckte ich Santrol. Er tanzte mit Juillerat.

Weitere Paare schlossen sich an; Lehmann holte Jeanine.

Plötzlich wurde an den Tischen ein Ruf aufgenommen: »Der Fremde!«

Man schob mich zur Tür. Gleich darauf lag ich an der Wand, allein im weinkühlen Luftschild des Kellers. An der Tür baumelte eine mit Packschnüren befestigte Tafel. Man hatte die Buchstaben aus dem Feuille d'Avis ausgeschnitten: GESCHLOSSENE GESELLSCHAFT.

»SPINNER«, sagte Marcel, »diese Fernseh-Fritzen.«

Die Männer saßen im Garten, weil Tschanz im Sommer den Apparat draußen aufstellte.

»Nichts als Baseball. Wir sind doch keine Amerikaner.«

Sie gaben ihm keine Antwort, starrten unbewegt in den Kastanienbaum, mit leeren Augen. So brüteten sie über ihrem Schnaps, in blauen Hemden, rauchend, denn es war früher Feierabend, und die Hitze kroch in den Stein zurück.

Von Zeit zu Zeit hatte ich ihnen frisches Wasser zu

bringen; daran war jetzt kein Mangel, und das Wasser war, ließ man es nicht lange stehen, weich und hinterließ auf der Zunge einen schwachen, bitteren Geschmack.

In der Küche, wo ich die gelben Krüge füllte, unterhielten sich die Weiber bei offenem Fenster über die Kinovorstellung; aber auch auf dem Platz draußen war von nichts anderem die Rede.

Alle drei Wochen nämlich war Piccot vor der Bluande vorgefahren. Im Fonds seines verbeulten Renault lagen Kassetten und Rollen und die weiß numerierten Teile des Projektionsapparates, die er Mein Material zu nennen pflegte. Dann aber wurde er von der Neuenburger Polizei verhaftet und zu einer Buße von dreitausend Franken verurteilt. Gewiß, für Piccot war das nicht viel Geld, und doch sah er sich gezwungen, den Preis zu erhöhen: ein Liter Absinth aus dem Val de Travers, [Pétrole nennen sie ihn bei uns], sollte künftig sechzehn Franken kosten. Auch verzichtete Piccot auf die kulturelle Tarnung seines Geschäftes und beschränkte sich ganz auf die Organisation des verbotenen Handels.

Vor einer Stunde hatte Tschanz die Nachricht gebracht. »Ohne Kino verliert er in Tavannes die besten Kunden«, hatte er gesagt, und schon waren Orpheline und Marie dabei, die roten Zettel, die für heute abend eine Vorstellung ankündigten, von der Wand zu reißen.

Keine Vorführung: also würde ich Jeanine nicht zu sehen bekommen.

Großrieder las Juillerat einen Artikel aus der Zeitung vor: »Porta kam aus dem Süden«, las er. »Seine Hände waren klebrig. Er wischte sie an der Hose ab. Es roch im Zug nach Essen. Porta war nicht hungrig. Über seinem Kopf tanzte ein mit Stricken verschnürter Koffer. Hin und wieder durchquerten Reisende den Wagen, unsicher. In den Bänken schliefen Frauen, viele mit offenem Mund. Kinder schliefen. Da packte ihn die Wut.«

Er schaute auf.

Juillerat nickte: »Amokläufer, Entwurzelte, Flüchtlinge. So ist es. Berlin, Laos.«

Er stocherte sich mit einem zugespitzen Zündholz in den Zähnen, und ich beobachtete, wie er manchmal das Zündholz am Zeigefinger abstreifte und den Zeigefinger beroch.

»Feuilleton nennen sie das«, sagte Großrieder. »Ich werde die Zeitung abbestellen.«

Die Bauern schwiegen. Im Kasten am Baum rotteten sich die Spieler zusammen. Plötzlich fuhr der ovale Ball davon, und der Knäuel zerfiel.

Ich lief nach Wasser.

Im Abendlicht war die Küche weit geworden. Über den Tisch gebeugt, schälten Orpheline und Marguerite Kartoffeln. Marie goß eine aufgekochte Brühe in den Abfalltrog. Der süße Geruch von Schweineblut erfüllte den Raum. Marie ließ den Kessel über den Herd zurückschwingen. Sie hatte Polypen in der Nase und sprach eifrig und atemlos: »Agadir, und ihr erinnert euch nicht? Das war vor einem Jahr. Piccot wollte heute Originalfilme bringen.« Marguerite ließ das Messer sinken.

»Da lief doch eine Sammlung, nicht wahr?«

»Zehntausend Tote gab es«, sagte Marie, »bedenkt, bei dieser Hitze. Geier kreisten über der Stadt. In der Nacht kamen die Schakale herdenweise, Schatten in der mondhellen Wüste. Soldaten bewachten die Trümmer. Auf alles Lebendige wurde geschossen.«

»Komisch«, sagte Orpheline, »der Spaß, den du dran hast. Ich glaube nicht, daß man dir die Leichen zum Waschen überlassen hätte.«

»Spaß«, brauste Marie auf. »Du Bastard!«

»Sie meint es nicht böse«, sagte Marguerite ängstlich.

»Laß doch! Sie meint es noch viel böser.«

Orpheline lachte.

»O ja«, sagte sie. »Trage mich zurück zum Wegrand, an dem du mich vor zwanzig Jahren aufgelesen haben willst.«

Dumpf hallte eine zufallende Tür.

»Du«, sagte Marguerite, »dein Wasser.«

Draußen war alles unverändert. Die Männer verpuppten sich in einen grünen Traum.

Zwei Wagen, einer hinter dem andern, überquerten den Platz; die Köpfe der Insassen waren kaum noch als Silhouetten zu erkennen. Die Dämmerung stieg aus dem geheimnisvollen Kräutersud.

SIE LAG IN der Senke, dicht am Wasser. Ihr weißer Körper hob sich leuchtend vom stumpfen Moosgrün ab. Mit einem Stein hatte sie ihre Kleider beschwert, und die Schuhe waren unter der Wolldecke verborgen, auf der sie schlief. Sie hätte mich, wie es verabredet war, in den Erlen erwarten sollen; aber da lag sie nun, für jeden sichtbar, der sich ins Moor verirrte. Unbelehrbare Jeanine.

Halb versunkene Baumtrümmer hielten sich schwebend über dem dunklen Seegrund. Auch der Moorbruch drüben lag ruhig. Nichts regte sich in den zerfallenen

Gräben, in denen die Jungen rostige Granathülsen und alte Spatenteller fanden. Frösche quakten in unsichtbaren Moorlöchern.

Noch immer im Steilhang, ließ ich mich durch den Graben, den die Holzfäller als Schleifbahn benutzten, in die Tiefe gleiten. Unter meinen Füßen lösten sich Kiesel, prasselten hüpfend und springend ins Unterholz und prallten weit unten am Fels auf.

Gefährliche Fußfallen, Dornranken und Bruchstücke gebleichter Wurzelstöcke verbargen sich im hohen Farnkraut; erst auf der Talsohle traten die Erlen und Weiden zurück und gaben den Blick übers Moor frei. Weit drüben am Waldrand stiegen Krähen aus einer abseits stehenden Tanne. Sie beschrieben große Kreise am Himmel und ließen sich dann mit offenen Flügeln in den Baum zurückgleiten.

Ein wilder, hemmungsloser Geruch erfüllte das Ried. In Steinwurfweite lag Jeanine, den Kopf in die Armbeuge gelegt, das dunkle Haar offen überm Rücken.

Leise pfiff ich mein Gillespie-Lied von den gesalzenen Erdnüssen.

Erstickte Laute ringsum, Kehlkopflaute der verborgenen Tiere. »Jeanine«, rief ich, »Jeanine, ich komme.« Sie warf sich herum.

»Ja«, flüsterte sie, »ich bin da.«

Nachher lag ich neben ihr, vom Bad im kühlen Wasser erfrischt. Kaum, daß wir die Stille unterbrachen. Ich rauchte und reichte ihr manchmal die Zigarette hinüber.

»Waldbrand!«

»Wenn ich ein Loch bohre?«

Während sie, auf dem Rücken liegend, den Kopf mir

zugewandt, im Torf herumstocherte, beobachtete ich den Krähenschwarm, der diesmal in größerer Höhe kreiste und schließlich hinterm Hügel versank.

»Ist dort jemand?«

»Vielleicht.«

Sie stützte sich auf meinen Arm; an ihrem Hals klopfte die Ader dicht neben dem kleinen, roten Brandmal.

»Nichts?«

Ihretwegen hatte ich einen Haken geschlagen, war gut in Les Cerneux durchgekommen, aber nur, um in La Paule dem Wildhüter in die Hände zu laufen.

»Eine Wildsau.«

»Du selbst.« Lachend umarmte sie mich.

Wir gingen, als sich die Mückenwolke, [seit Stunden schwebend über uns], entlud.

Gelbes, sattes Licht lag jetzt überm Ried. Die Frösche quakten heftiger. Über ein offenes Moorloch strichen schreiende Schwalben.

Schwalben rissen das locker gespannte Grau vor dem Fenster auf. Der brüllende Wecker tanzte am Boden. Müde legte ich mich ins Fenster, hatte Lust auf eine Zitrone, spuckte Schleim in die Dachrinne. Ungenau geführte, ferne Hammerschläge schmerzten in den Schläfen. Über Nacht war Föhn eingebrochen. In der Gaststube lärmten die ersten Marktfahrer.

»Lucette«, rief eine Stimme, »he, Cousine!«

Das war Hérisson, der Hundepfleger, der die Polizeihunde dressierte. Er half den Fahrern beim Aufstellen der Stände; denn heute war Markttag, Kirchweih außerdem, und vor dem Schulhaus hatte man eine gedeckte Tanzdiele errichtet. [Bretter, über Benzinfässer gelegt, die uns die Mobiloil-Vertretung in Tramelan zur Verfügung stellte.]

Orpheline hantierte in der Küche, Marie harkte Kies im Hof. Tschanz, der im Peu du Bas Vieh prämiierte, brannte und wog, kam erst nach dem Essen zurück. Man hatte von Festwirtschaft gesprochen.

Vendredi, onze, stand am Wandkalender in der Gaststube, rot umrandet, Kirmes-Freitag. Ich riß den Zettel weg.

Um neun Uhr war der Garten bereit. Tische, mit weißem Papier überzogen, bildeten ein Hufeisen und blendeten. Fahnen hingen reglos in den Fenstern; die Straße allein war lebendig.

Schlächter aus Tramelan luden Kaninchen und Hühner aus. Vor transportablen Parkverboten standen offene Kastenwagen und Handkarren.

Die ersten Bauern setzten sich in den Kastanienbaumschatten.

»Une pétrole, ma fille!«

»Ah, die Hitze!«

»Und so früh schon am Morgen; seht nur die Schwalben!«

Bald tauchten Fremde auf und schwitzende Händler.

Sie musterten Marguerite mit verstohlenen Blicken, wünschten sich eine junge Serviertochter und waren auf einmal verdrossen.

Marguerite eilte mit einer Bestellung davon, schwarz gekleidet seit zwanzig Jahren. Ihr Mann war an der Grube ausgeglitten und in der Jauche so ertrunken, daß es wie ein Unglücksfall aussah.

»Da kam der Jäääääger mit den braunen Augen«, sang der Plattenkaufmann. Neugierige Frauen waren stehengeblieben; jetzt wandten sie sich verlegen ab. Die Knechte machten Bemerkungen und lachten. Macy stampfte im Staub. Niemand beachtete ihn. Man staute sich vor den Auslagen des Billigen Jakob. Der dicke, als Senn verkleidete Aufpasser, stand Wache, die Fäuste in den ausgespannten Hosenträgern, das Kinn eingezogen, einen blühenden Furunkel im Nacken.

Jeanine wühlte selbstvergessen in einem Haufen Zeug. ›Nicht berühren‹, stand auf dem Pappeschild an der Firststange zu lesen.

Auf der anderen Straßenseite, zur Hälfte nur sichtbar, dampfte die Maschine des Messebäckers. Die Bäckerin füllte die Lücke zwischen den beiden weit oben am Hang liegenden Häusern. Jetzt beugte sie sich über den vernikkelten Trichter, aus dem violette Zuckerwatte quoll.

Vor dem weiß blendenden Hintergrund stand, wie eben ins Bild geworfen, Lehmann.

»Blendend«, rief die Schießbudenmamsell.

»Ins Schwarze getroffen«, bestätigte der Büchsenmann. »Versuchen Sie's nochmals, Lehmann, und ich schenke Ihnen die Preispuppe.«

»Möchtest du die Puppe haben?« fragte Lehmann Jeanine, die neben ihm an der hohen Theke stand, umringt von uns, den Gaffern. Jeanine lachte bloß. Über ihr Gesicht huschten farbige Lichtreflexe.

»Nochmals«, sagte Lehmann entschlossen.

Büchsenmanns Gehilfin klaubte seine Münzen auf und reichte ihm den durchgeladenen Karabiner. Lehmann machte den Finger krumm, faßte Druckpunkt, zielte. Die Kugel saß im Neunerkreis.

Beifälliges Gemurmel wurde laut.

»Zwoter Schuß«, verkündete der Schweinehirt. »Neunzehn Punkte.«

Verstohlen tastete Jeanine nach meiner Hand. Im Moor hatte ich sie tanzen gelehrt, Hot House, All the things you are. Seit Einbruch der Dunkelheit spielte die Kapelle aus La Chaux-de-Fonds; der Pianist kannte Bud Powells Technik. Die jungen Leute drängten sich auf der Tanzbühne.

»Du wirst mich nicht einladen«, hatte mich Jeanine beschworen. »Du wirst dich nicht um mich kümmern und mir nicht folgen. Versprich mir das. Ich kenne mein Dorf.«

Lehmann, das Gewehr wieder im Anschlag, veränderte seine Stellung, lehnte sich weit vor. Als er den Atem anhielt, ließ ich mich in einer halben Drehung nach rechts fallen. Jeanine prallte gegen den Arm ihres Begleiters, und die Kugel fuhr rechts oben ins Netzwerk.

»Man hat mich gestoßen«, brüllte Lehmann und warf den Karabiner auf den Tisch. »Moser!«

Juillerat, plötzlich dem Dunkel entstiegen, faßte ihn an der Schulter, während Jeanine ihm mit beiden Händen den Mund verschloß und sich von ihm wegstemmte. »Da«, sagte Juillerat, »schieß weiter, Lehmann; ein guter Schütze hat keine Nerven.«

Die Zuschauer verliefen sich; neue Gaffer stellten sich ein. Ich verkroch mich in unserem Versteck.

Gegenüber lag Tschanzens Trinkhalle. In der Kastanienbaumkrone wogte rot beleuchteter Pulverdampf, Rauch der bengalischen Feuer. Ich beobachtete den Verkehr, die schwerfällige Festwirtschaft, schwingende Füße, schleppende Füße, Jeanines Füße.

Sie trug die Puppe im Arm. Mit der freien Hand wischte

sie sich die Fransen aus der Stirn. Dann huschte sie durch den Schatten der unbewohnten Wohnwagen, überquerte, von Licht getroffen, die Straße, ohne sich umzusehen, ließ die Fischhalle links liegen, glitt unbemerkt zwischen zwei Lieferwagen hindurch und verlor sich im tieferen Schatten; jetzt hörte ich ihren raschen Atem, die halblaute Stimme, als sie mich anrief, jetzt wallendes Gras, als sie sich durch die Latten zwängte. »Sieh dich vor«, sagte ich, »es liegen Flaschenscherben da.«

Ihre Antwort ging im Lärm der donnernden Achterbahn unter. Die Holzverschalung hob sich bebend, und dunkel waren die untersten, kreuzweise verschraubten Stützbalken im Aufbau gerade noch zu erkennen.

»Fürchtest du dich?«

»Ich weiß nicht.«

»Es ist wirklich eine gute Falle.«

Sie schnellte herum.

»Weshalb hast du es getan?«

»Was getan?«

»Ihn gestoßen.«

»Ein dummer Zufall.«

»Wie du willst«, sagte sie. »Aber ich mag dich nicht, wenn du so mit mir sprichst.«

Sie zögerte, schien noch etwas sagen zu wollen, schwieg. Ich rauchte und wartete. Die Nacht war jetzt kühl, und der Rauch wärmte Hand und Gesicht.

Wir rauchten diese eine Zigarette gemeinsam, während in regelmäßigen Abständen die Bahn an uns vorübertoste.

»Ein gutes Versteck«, sagte ich.

Der Kopf an meiner Schulter nickte.

»Hast du es gekannt?«

»Nein«, sagte sie, »ich bin keine Hure.«

Heftig umarmte sie mich. Ihr Haar fiel in mein Gesicht, als sie mich küßte.

»Gib deine Hand.«

Ihr Bein war glatt und fiebrig heiß.

Dann spürte ich, zum erstenmal, die Narbe am Oberschenkel.

»Narbe, glaubst du«, sagte sie, als hätte sie meine Gedanken erraten, »eine Narbe an dieser Stelle?«

»Was denn sonst, Jeanine.«

Sie schwieg.

»Ein Muttermal vielleicht?«

Ich erschrak: sie weinte.

»Jeanine, sag.«

Sie stieß meine Hand weg.

»Sag's.«

»Ich darf nicht.«

»Hat er dich verletzt?«

»Nein.«

Im Schweigen entspannte sie sich.

»Wir sind alle gezeichnet«, sagte sie leise, »das ganze Dorf. Es ist die Brüderschaft.«

Ich unterbrach sie nicht mehr. Sie wollte reden!

Es blieb die Zeit der Schwalben. Vor dem Brunnen holten sie nasse Erde, und in den kleinen Lachen saßen sie noch, als die Nester im Stall längst gebaut und die Jungen beinahe flügge waren.

In diesen Sommertagen blieb das Vieh draußen. Jeden Morgen speiste der neue Tankwagen die Wassertröge in der Hochebene.

Abends verließen die Mägde den Hof, um die Milch zu

holen. Brüllend, mit geschwollenen Eutern, warteten die Kühe am Gatter; aber wenn sie gemolken waren, gingen sie still in die grün phosphoreszierende Nacht zurück, in der sie als eckig ruhende Schatten noch grasten, wenn sich selbst das letzte Licht im Westen verzehrt hatte.

In der Frühe standen sie fressend im betauten Gras. Oft schichtete sich eine kniehohe, weiße Nebeldecke über dem Boden auf, und sie ragten dunkel und rund daraus hervor wie Schiffskörper aus einem nächtlichen Fluß. Am Mittag erst zogen sie sich unter die Tannen zurück, unsichtbar für unsere geblendeten Augen in den kurzen, harten Schatten.

Wir taten es ihnen nach, Jeanine und ich. Wir hatten uns bessere Verstecke eingerichtet, schliefen auf Heu, auf Gras, auf Matratzen, in Betten, auf Torf, im Sand, im Moos, immer gejagt von der Furcht, entdeckt zu werden. Nacht um Nacht, als hätten wir keine Zeit zu verlieren, wuchs, blühte und starb ihre Liebe. Oft lagen wir in der einzigen Buchenschonung; der Boden war feucht und weich vom Laub des vergangenen Jahres, und Jeanine fürchtete sich nicht vor den Gewittern.

Hier fand ich die Tollkirschen; sie standen in einer dämmrigen Senke, starke, aufrechte Pflanzen.

»Sieh doch die Blätter«, sagte Jeanine, »und die Beeren liegen in einem kleinen Korb. Sie riechen nach dir.«

Die Früchte waren süß und machten Durst. Während ich Wasser holte, sammelte Jeanine Beeren. Wir aßen sie mit beiden Händen.

Jeanine war traurig; sie kannte die Sternbilder, und der Große Bär über uns tröstete sie. Orion erschien erst gegen Morgen, Venus hielt sich strahlend in Mondnähe, in Südwest flog der Schwan.

Wenn ich eine Zigarette anzündete, das brennende Zündholz ausblies und das gelöschte Zündholz wegwarf, wurde sie unruhig. Nach und nach erfuhr ich das Geheimnis.

Ich versuche, mich an ihre Stimme zu erinnern, an ihre Sprache; aber viele Gedanken sind an den Ort gebunden, an das Dorf La Chaux und an die Wälder. Wie sie sie ordnete und in Beziehung brachte, habe ich nie zu enträseln vermocht, doch kann ich das Bild, verschlüsselt, wie es damals war, auch heute wiedergeben. »Du bist im Dorf geblieben«, sagte sie, »obwohl du die Gefahren kennst. Das bedeutet, daß du eines Tages mit mir die Versammlung besuchen wirst. Man wird dich gut aufnehmen. Wäre Véronique gekommen, sie lebte heute noch.

Vor dir kannte ich einen Jungen in Paquère; er wehrte sich, genau wie du. Er ist dir ähnlich, er könnte dein Bruder sein. Als ich dich zum erstenmal sah, dachte ich, er sei zur Weihe bei uns erschienen.«

Leise lachte sie vor sich hin.

»Ich hatte ihn einmal besucht, vorher, oben in Paquère. Man kann das Dorf nicht betreten, ohne am Eingang kontrolliert zu werden. Sie haben eine Mauer aufgerichtet und Wachen ausgestellt. Weiße Kleider mußt du anziehen und seltsame, viel zu große Filzpantoffeln. Die einzige, die breite, gerade Hauptstraße mit dem weißen Mittelscheitel ist leer; die Fenster sind leer, die Türen.

Sie sind zu früh gekommen, sagte mein Führer.

Warten Sie, ich will sehen, ob Vulkan, das war sein Spitzname, seine Übungen beendet hat. Dort ist unser Schatten. Er wies auf den versteinerten Baum in der Mitte des Platzes. Er zog sich zurück. Ich wartete. Von den gebleichten Steinen ging eine brüllende Stille aus, und die Erde, in der sie staken, war eiterndes, entzündetes Fleisch. Es gibt da keine Tiere; zuerst bemerkt man nur, daß die Vögel fehlen.

Ich werde einmal zu einer Versammlung kommen, sagte Vulkan, wenn sie mich gehen lassen.

Aber er ist nie erschienen. Juillerat schlug mich, als ich ihm gestand, in Paquère gewesen zu sein. Paquère darf nicht erwähnt werden, von Paquère will keiner etwas wissen. Auch auf der Landkarte ist es nicht eingetragen.«

»Erzähle von Vulkan«, sagte ich.

»Er hat mich gut unterhalten, mit einer weitläufigen Geschichte von zwei Freunden, Boule und Jeff, zwei achtzehnjährigen Burschen, die er in Paquère kennengelernt hat.

Man hatte ihnen eine Lambretta zum Kauf angeboten, und sie kauften sie mit bloß fünfzig Franken Anzahlung. Sie fuhren vor ihrem Café vor; Roger, der Kellner, sah sie kommen. Er hatte Zeit, sich vorzubereiten, und als die beiden eintraten, legte er ihnen den Schuldschein auf den Tisch: vierzehn Pakete Zigaretten, Getränke für vierunddreißig Franken und zehn Paar Frankfurter Würste. Er lehnte es ab, sie weiterhin zu seinen Kunden zu zählen. Der Besitzer des Cafés unterstützte seinen Angestellten.

So beschloß Jeff, nach Twann zu fahren; dort trafen sich am Samstag die Pokerspieler bei Schott. Edi und Ralph waren die gefährlichsten Partner. Man hielt sie für Brüder, weil es ruchbar geworden war, daß sie im Genfer Primo Rousseau um sechs Uhr abends ein Morgenessen erhalten hatten. Das Spiel, das diesem Essen voranging, hatte achtundvierzig Stunden gedauert und einen angesehenen Bankier zum armen Mann gemacht. Während aber Ralph von solchen Spielen lebte, betrieb Edi einen bürgerlichen Beruf; er züchtete in einem nicht mehr gebrauchten Luftschutzbunker Fliegenmaden. Seine Arbeiter betraten den Unterstand nie ohne Gasmaske.

Edi war es, der den Bericht brachte.

Sie standen, erzählte er Vulkan, auf der Twannbachbrücke in der Schlucht.

Was unternehmen wir jetzt? fragte Jeff.

Boule hob die Hände.

Ohne Geld? sagte er.

Nach Hause können wir nicht gehen, sagte Jeff.

Wir sind zu früh.

Jemanden anpumpen?

Qatsch.

Die Spieler setzen hoch.

Bluff.

Ich sah sie da oben, sagte Edi, Boule hielt den Scooter im Gleichgewicht.

Weißt du was, sagte Jeff plötzlich. Wir machen Selbstmord, das kostet nichts.

Boule überlegte sich den Vorschlag eine Weile; dann sagte er: Einverstanden.

Immer, wenn Edi in seinem Bericht diese Stelle erreichte, schüttelte er den Kopf und hob beschwörend die rechte Hand.

Ich schwöre, sagte er, daß Jeff, noch lachend, anfuhr, eine Lücke in die Schutzmauer riß und hinausraste. Ich schwöre es.

Aber Vulkan ist so leicht nicht zu überzeugen. Er vermutet, Edi habe Boule und Jeff in seinen Madenwannen versenkt.

»Was war das eben, dieses Geräusch?«

Ich warf mein Zündholz weg.

»Nichts«, sagte ich.

»Nichts«, wiederholte sie leise. »Es ist gar nichts.

Es gibt bei uns jetzt die Zehnfrankennoten, und ich fürchte mich schon vor Gottfried Kellers rotem Gesicht. Aber es ist nichts. Man weiß nie, wann es anfängt. Der eine wässert Weiden und wird zum Verbrecher, der andere nimmt Forellen aus, und ein Fremder, der vorübergeht, stiftet ihn an, ein Mörder oder ein Heiliger zu werden.

Schöner Fisch, sagt er, ein goldener Fisch. Und diese Augen, diese herrlichen, gebrochenen Fischaugen.

Wer weiß da, was der andere im Schilde führt.

Ich werde schwindlig vom Zuschauen.«

Sie atmete schluchzend.

»Es hilft nichts zu wissen, daß jeden Abend neue Transporte, lange, stille Kolonnen, in Paquère eintreffen. Man lacht mich aus: Phantasie, Mädchen, Hirngespinste, dein Totendorf! – Viele tragen Säcke und Koffer. Am Eingang lassen sie alles zurück. Ihre Brandmale sind voller Unrat. Man darf nicht daran denken; Juillerat will es nicht.«

Wimmernd wiegte sie sich in den Hüften.

»Aiii, Aiii.«

So hatte sie sich losgelassen! So war sie außer sich!

Ihre kalte Hand berührte mich.

»Bist du noch hier? Hörst du mich? Ich weiß nicht mehr weiter. Ich fürchte mich.«

Das Wetter hatte umgeschlagen. Böiger Westwind fegte über die Hochebene, staute die Wolken zu Bänken und löste sie über dem Grat. Nachts sah man die Blitze ferner Gewitter, bevor die plötzlich einsetzenden, heftigen Regenschauer den Himmel verdunkelten.

Ich kannte, obwohl es immer andere waren, die Plätze des Waldes, an den Pilze wuchsen, wußte auch, wann die Drosseln eingefallen waren und wer ihnen mit Netzen nachstellte.

Aber ich war allein. Oft suchte ich unsere Verstecke auf. Sie waren unentdeckt geblieben. Die geflochtenen Schutzdächer zerfielen allmählich, in der Buchenschonung hielten sich Rehe auf, es war Brunftzeit. Der Brief, den ich im Moor geschrieben und in Les Breuleux aufgegeben hatte, kam mit dem Vermerk ›Unbekannt‹ zurück, und die Genfer Klinik, [jedem unehelich schwangeren Mädchen bekannt], wußte nichts von Jeanine.

Dann brach die Seuche aus und setzte meinen Streifzügen ein Ende. Jetzt stand ich tagsüber an der Straßensperre, die wir aus leeren Bezinkanistern und Brettern errichtet hatten.

Im hämmernden, grünen Licht arbeitete Hérisson mit seinem Köter.

»Viens«, sagte er, »sale boche, viens donc«, und während er ihn beschimpfte, lag der Hund stumm und flach im Gras. Unbegreiflich war immer der Augenblick des Angriffs; nie sah ich den Sprung voraus. Ganz plötzlich hing der Hund an Hérissons gepolstertem Arm. Es war ein grauer Hund mit langer Rute, gut zum Reiten, vielleicht.

»Un chien de cœur«, sagte Hérisson.

»Le courage, ça ne s'apprend pas.«

Pablos Scheune diente uns als Baracke; hier hatten wir unsere Feldbetten aufgeschlagen, und ich lehrte die Burschen, wie man mit Würfeln umgeht. Marcel, der Katzenfresser, zeigte als Pokerspieler besondere Begabung. Er hielt sich als eingebildeter, eitler Mensch an König und As, und es war unser Glück, daß er die Große Straße nicht in einem einzigen Spiel zeigen konnte.

Im ganzen gesehen, war es ein braves Leben, ausgeschöpft mit Essen, Schlafen, Spielen und Trinken; aber nachts fand man keinen Schlaf. Sirius im Großen Hund war zur Zeit des Neumonds der hellste Stern, und wer keine Uhr hatte, richtete sich nach ihm.

Besser war es, zu wachen, und manche meldeten sich freiwillig zum Dienst.

Um den Vorschriften zu genügen, nahmen wir eine Bell & Smith-Schrotflinte mit. Wagner hatte die Läufe zurechtgefeilt.

»Schätze«, sagte er, »mit dem Ding wird jeder seinen Mann abschießen. Kaum hast du den Mündungsblitz gesehen, rast es auch schon auf dich zu; ein Mann kann rasch sterben.«

Der Hausierer schneuzte sich.

»Fremder«, sagte Wagner und stieß ihn an, »paßt es Ihnen nicht bei uns?«

Der Hausierer schwieg. Er hatte das Dorf kurz vor Errichtung der Sperre betreten und mußte interniert werden, bis die Seuche vorüber war. Ein unbekannter Pferdehändler und seine Haushälterin hatten ihn begleitet.

Jetzt lachte er lautlos.

»Friedlich, Leute«, brummte Pablo.

»Wir können's draußen abmachen«, sagte Wagner.

Der Hausierer blieb stumm. Gespannt blickten wir ihn

an; auch ich hätte gerne gewußt, wie seine Stimme war. Vielleicht war er wirklich stumm?

Pablo setzte sich bekümmert zum Teetopf.

»Das ist unser Pétrole«, lallte er. »Der verfluchte Schnaps macht uns böse. Erst böse, dann traurig, dann kalt.«

»Schön, Pablo«, sagte ich. »Laß uns gehen.«

Er schüttelte den Kopf.

»Dienst, Pablo, Ablösung!«

Ich stieß ihn an, schob ihn zum Tor. Taumelnd lehnte er sich da an die Mauer, bevor er hinfiel und sich in wilden Zuckungen erbrach.

Meine Jacke hatte ich drinnen vergessen, und jetzt mochte ich sie nicht mehr holen: zehn Zigaretten waren mir geblieben, die zehn andern hatte ich an Macy verloren. Es war kalt.

Aus bodennahen Nebelschwaden ragten Baum, Haus, Busch, Schattenwürfe einer düsteren Gegensonne.

Auf vorgeschriebenem Weg umkreiste ich die steinernen Gebäude, das schlafende Dorf. Ich versuchte, nicht an Paquère zu denken. Die Katzen, die vor der stillgelegten Sägerei schrien, standen mir bei.

Ich dachte an Pablo, der keine Furcht kannte, der jetzt an der Mauer, die er bewachen sollte, lag und schlief. Tau fiel. Die Büsche näßten meine Hände; ein fader Duft setzte sich in den Kleidern fest.

Naß von Tau und Schweiß erreichte ich die verlassene Grube. Hier hatten wir vor sechs Tagen die ersten Kühe erschossen und die Kadaver mit ungelöschtem Kalk bedeckt. Ich verließ den Weg, schob mich kletternd und gegen Sicht gedeckt an den Grubenrand vor. Die aufgedunsenen, bleichen Hügel bewegten sich am Trichtergrund. Ein seltsamer Geruch stand unbeweglich in der Luft. Pfeifende Schatten huschten durchs Weiß, verschwanden im schartigen Dunkel.

Obwohl wir das Fleisch vergiftet hatten, fürchteten wir die Ratten. In wimmelnden, nächtlichen Zügen kamen sie, aus weit entfernten Dörfern, aus Sickergräben und Kloaken. Die Seuche, die die Ställe leerte, den Kühen ans Maul fuhr, ihnen die Klauen versengte, war ihr Fest. Ihnen gehörten die gesperrten Straßen, die toten Plätze, die einsamen Scheunen. Sie richteten sich ein, sie fanden sich zurecht. In den ersten, vom unaufhörlichen Gebrüll der Kühe erfüllten Nächten hatten sie sich am Brunnen zu kreischenden Rudeln zusammengerottet. Jetzt gedieh in geheimen Schlupfwinkeln ihre Brut, und sie unterzogen sich stumm den eigenen Ordnungen.

Über dem Nebel, der im zunehmenden Wind abzufließen begann, schwammen die Häuser des Dorfes. Massig gegen den helleren Himmel geballt, zeigte sich Juillerats Hof.

Hier brannte Licht.

Ein flackerndes, gelbes Licht, Licht einer im Luftzug hängenden Laterne, Licht, im Rechteck eines kleinen Fensters. Flatterndes Licht.

Ich schlug mich durch mannshohes Unterholz und erreichte, wie in jener ersten Gewitternacht, die Stirnseite der Scheune. Wie damals, stand auch jetzt die Türe zum Holzschopf offen. Ich tastete mich der Wand entlang. Loses Rundholz rollte mir polternd unter den Füßen weg; da war die kleine Pforte, leicht zu öffnen, und ich schob mich, nun im vollkommenden Dunkel, zur Brandmauer vor, gelangte in die Räucherkammer und von da auf den Hof. Die unbenutzte Zisterne beherrschte den Platz.

»Héctor«, rief ich leise.

Kein Kettenklirren antwortete, kein Winseln.

Das Licht brannte im Stallfenster.

Ein leises, singendes Raunen war zu hören.

Rasch arbeitete ich mich zum Futtergang vor. Junges Heu gärte in Hitze und Fäulnis.

Die eine Stimme unterschied sich jetzt deutlich von den andern: Juillerat.

Ich umging den Lichtschein der Laterne, gedeckt vom hohen Trog und richtete mich behutsam auf, nur noch durch die hölzernen Stäbe des Krippengatters von ihnen getrennt.

Den Kopf nach unten, hing ein Kalb am Haken im Dachbalken. Seine gefesselten Vorderbeine berührten den Boden nicht. Blutiger Schweiß tropfte aus den Lappen, die sie ihm ins Maul gestopft hatten. Im Kopfsteinpflaster bildete das Blut schwarze Kanäle.

Schweigend, die Gerten zum Schlag bereit, umringten sie das Tier. Großrieder, ihr Vorsänger, warf eben den Kopf zurück, röhrte einen Befehl, und wieder zischten die Peitschen.

In einer verzweifelten Streckung schnellte sich das Kalb weg. Klatschend trieben es die Schläge reihum. Die Eisenkugeln fraßen sich ins platzende Fell.

Der fremde Pferdehändler hatte ein Feuer angefacht. »Ich denke, wir können anfangen«, sagte er jetzt.

Seine Haushälterin fiel auf die Knie.

»Nein«, keuchte sie, »ich bin noch nicht so weit; ihr seid zu rasch fertig. Wartet auf mich. Ich will auch.«

Der Pferdehändler hörte sie nicht. Er schlug das Kalb

mit einem schweren, hölzernen Hammer vor den Kopf. Plötzlich lag es schlaff in den Seilen.

Heulend brach die Frau zusammen; ihre Peitsche schlug Funken auf dem Stein.

»Du Schwein«, schrie sie, »du Schwein.«

»Das Eisen«, befahl Juillerat, dessen Gesicht, wie ich jetzt im flackernden Feuerschein sah, von einer halben Maske bedeckt war.

Santrol, im weißen Radmantel, brachte die Eisen, die man zum Zeichnen der Jährlinge verwendet.

Noch immer wand sich die Frau am Boden.

»Warte nur«, flüsterte der Pferdehändler, »ich will dir's zeigen, Süße.«

Er bückte sich und hob die Peitsche auf.

»Nicht«, sagte der vornehme Großrieder, als der erste Schlag fiel; doch schon der zweite Hieb traf sie voll ins Gesicht. Sie brach zusammen, schrie gellend seinen Namen, kroch auf ihn zu und umklammerte seine Stiefel.

Macy schleifte das ächzende Bündel endlich zum Strohlager hinüber.

Inzwischen hatte Santrol die Eisen behandelt.

Juillerats Vorfahren, damals Wiedertäufer, hatten den Ein-Hand-Brand für ihren Hof Le Babylone gewählt; auch Jeanine hatte dieses Zeichen getragen.

Im Peu du Bas aber benutzte man einfach die Initialen des alten Agoste, und Rey im Pot-Lum' zeichnete sein Vieh mit einem Wagenradsymbol.

Unter dem hafergelb glühenden Stahl quoll, als er das Tierfell berührte, dichter, stinkender Qualm hervor. Das Kalb erwachte aus seiner Ohnmacht.

»Jetzt weiter oben ansetzen«, sagte Juillerat; »es stirbt

uns sonst unter den Händen weg. Lucas, bring das Messer.«

Zwanzig runde Medaillons wollten sie aus der Haut schneiden, das Zeichen Babylons, den Ein-Hand-Brand, an alle Stalltüren geheftet, zwanzigfach.

Andächtig kratzte der Pferdehändler seinen Kopf. Lucas hatte sich nicht von der Stelle gerührt. Das Messer steckte im Querbalken am Rost; es war ein gewöhnliches Fleischermesser mit einem hölzernen Griff und einer biegsamen, drei Finger breiten Stahlschneide.

»Das Messer«, brüllte der Pferdehändler außer sich, »wird's bald!«

Aber Lucas hatte sich die Rettung des Dorfes anders vorgestellt. Er starrte das Kalb an, das in seinen Seilen hin- und herzuckte wie ein in Ekstase geratener Tänzer. Die Tierhaut streifte sich, wurde schleimig, fleischig, als wäre sie eben gewendet worden.

Lucas erbrach sich gegen die Stallwand.

»Ich kann die Augen nicht mehr ansehen«, sagte Großrieder plötzlich leise und beherrscht; »diese Augen sind furchtbar.«

Da ließ sich der Pferdehändler vor dem Kalb auf die Knie nieder und schob ihm mit einer weichen Armbewegung den Stahl in beide Augen.

Die Hände vor den Leib geschlagen, taumelte ich über den Hof, in Santrols Arme.

Pablo schnarchte in den Roßdecken, als ich zurückkam. Die andern hockten stumm auf ihren Pritschen. Der Hausierer stieß mit dem Fuß dic Türe zu.

»So«, sagte er, »da hätten wir ihn.«

Wagner baute sich vor mir auf.

»Schlecht für dich«, sagte er, »sehr schlecht. Wilde Jungen wie du sollten sich nicht unter die Menschen begeben. Früher oder später gibt es Verdruß.«

Marcel in seiner Ecke begann zu fluchen.

»Dieser Wagner«, sagten auch andere, »halts Maul, Wagner, puuh, Wagner, übler Cowboy!«

»Das.«

Wagner spuckte mir seinen Priem vor die Füße.

»Was denn, Marcel?« fragte ich.

Er spielte mit einem zerbissenen Schuh.

»Sie wollen wissen, wo du warst«, sagte er verdrossen.

»Im Babylone.«

Ich sagte es ohne zu stottern.

»Nein«, er schüttelte den Kopf, »sie meinen früher, bevor du nach La Chaux gekommen bist.«

»Gelegenheitsarbeiter am See.«

Der Hausierer lachte höhnisch.

»Sagte ich's nicht? Er lügt.«

»Man sollte ihn aufknüpfen«, fauchte Wagner.

Marcel wandte sich mir zu.

»Er behauptet, dich im Brandmoos gesehen zu haben.«

Ich zuckte die Schultern.

Sie holten Pablo.

»In der Nacht, als er das Dorf betrat, wurde Véronique ermordet«, sagten sie. »Erinnerst du dich?«

»Das war er nicht«, wiederholte Marcel. »Ich wißt«, er biß sich auf die Lippen.

»Stimmen wir ab«, sagte er.

Der Hausierer sprang auf.

»Wer ihn der Polizei ausliefern will, bezeuge es durch Handaufheben«, rief er.

Alle spielten mit, alle, bis auf Pablo.

»Pablo!« sagte der Hausierer scharf.

Er saß auf der Pritsche, vornübergebeugt. Ich sah den Rücken eines alten Mannes. Langsam hob der alte Mann den Arm.

»Einstimmig«, sagte Wagner. »Wir wollen den Burschen lynchen.«

Aber sie hielten ihn zurück.

Ich ging hinaus; man ließ mich gehen.

EPILOG

Brahm hätte mir geglaubt; er pflegte sich unter das Zellenfenster zu stellen, wenn ich schrieb. Auch sonst war er einem Soldaten nicht unähnlich in seinem derben Zeug, der weißen Jacke, den Gamaschen und den groben Nagelschuhen. Die Schreckrufe einer Amsel beantwortete er mit der stereotypen Feststellung: Buchfink.

Aber B., was hätte er zu meiner Strafarbeit gesagt? Oft genug hatte er die Handfessel am Schreibtisch geöffnet, um sich zu vergewissern, daß ich den Bericht nicht freiwillig niederlegte. Die Arbeitsgemeinschaften, die er schuf, noch als Schnorrer und ich von Hand Mutterkorn einbrachten, hatten inzwischen eine bessere Bewirtschaftung der Felder möglich gemacht, und B. war als Planer bei der Erziehungsdirektion bekanntgeworden.

B. würde mir raten, ein System anzuwenden, etwas Aktenmäßiges, eine Notiz der Staatsbehörde beispielsweise. Vielleicht so, wie Sekretäre sie anfertigen:

[1] Nachforschungen, die die Herkunft des Sträflings Rudolf Benninger betrafen, verliefen erfolglos; doch darf anhand der verschiedenen, sich ergänzenden Ergebnisse polnische, bzw. schweizerische Nationalität der Eltern angenommen werden.

Dem staatenlos in der Erziehungsanstalt Brandmoos Inhaftierten soll, wie er behauptet, am 6. Juni 1960 die Flucht geglückt sein. Am 3. Juli will er sich in La Chaux der Polizei gestellt haben. Im Auftrag der Staatsanwaltschaft verfaßte er eine erste Version seiner angeblichen Fluchtberichte. Die Ermittlungen zeigten, daß ihnen jegliche Beweiskraft abzusprechen ist.

Schwere, vermutlich epileptische Anfälle zwangen den Sträfling, die Arbeit im Sommer 1961 zu unterbrechen, nachdem er in die Beobachtungsstation der Universitätsklinik überführt worden war. Die durch das Amtsgeheimnis geschützten Ärzte stellten keine Diagnose, doch wurde Benninger im September als voll zurechnungsfähig zur Verwahrung auf unbestimmte Zeit nach Brandmoos zurückgeschafft. Seine Gemeingefährlichkeit galt als erwiesen.

Hatte er in der Klinik harmlose, tagebuchartige Aufzeichnungen verfaßt, begann er, einmal zurückgekehrt, seine Flucht in einer zweiten Version neu zu interpretieren. Erwiesenermaßen sind auch die Texte dieses zweiten Fluchtberichtes nicht wahrheitsgetreue Schilderungen in dem von uns erhofften Sinne des Bekenntnisses. Der Mord an Véronique Schneider wurde, wenn er überhaupt stattgefunden hat, bis heute nicht geklärt.

Aber welcher Beweise bedarf es noch? Wenn die Behörde mir meine Wahrheit nicht abnimmt, wie will sie die ihre stützen?

Über die Mauern kommt keiner unverletzt; aber auch MEINE Hände sind von Stahlruten gezeichnet, und die Narben an den Fußsohlen sind kaum verheilt. Ich kann Brandwunden am Rücken vorweisen und Juillerat der Mißhandlung zeihen. Wer weiß, daß ein Wärter mir den Brauenriß am linken Auge zugefügt hat und nicht der Schweinehirt Lehmann? Wer will gegen mich aussagen?

Die Standuhr lärmt ins Leere. Es vergeht keine Zeit, nur die Gerte schabt den Verwalterstiefel. Vor dem Stuhl zeigt der Marmor eine glanzlose Stelle; über die Fuge hinaus zieht sich der rote Fleck ins Schwarz. Schweigend stehen die Jungen in der Halle, zwei starre Reihen, kahl geschoren und mit blinden Gesichtern. Keiner tritt vor. Die Lücke, für mich ausgespart, bleibt offen.

Hermann Hesse
im Suhrkamp Verlag und
im Insel Verlag

Gesammelte Schriften in sieben Bänden. Leinen und Leder

Band I:	Frühe Prosa. Peter Camenzind. Unterm Rad. Diesseits. Bernold
Band II:	Gertrud. Kleine Welt. Roßhalde. Fabulierbuch
Band III:	Knulp. Demian. Märchen. Wanderung. Klingsor. Siddhartha. Bilderbuch
Band IV:	Kurgast. Die Nürnberger Reise. Der Steppenwolf. Traumfährte. Gedenkblätter. Späte Prosa
Band V:	Narziß und Goldmund. Stunden im Garten. Der lahme Knabe. Die Gedichte
Band VI:	Die Morgenlandfahrt. Das Glasperlenspiel
Band VII:	Betrachtungen. Briefe. Rundbriefe. Tagebuchblätter

– Werkausgabe. Zwölf Bände. Leinenkaschur

Gesammelte Briefe in vier Bänden. Unter Mitwirkung von Heiner Hesse herausgegeben von Ursula und Volker Michels. Leinen

Die Romane und die Großen Erzählungen. Jubiläumsausgabe zum hundersten Geburtstag von Hermann Hesse. Acht Bände in Schmuckkassette

– Gesammelte Erzählungen. Geschenkausgabe in sechs Bänden

Gesammelte Werke in Einzelausgaben in blauen Leinen. Von dieser Ausgabe sind gegenwärtig lieferbar:

- Beschwörungen. Späte Prosa – Neue Folge
- Das Glasperlenspiel. Vollständige Ausgabe in einem Band. Dünndruck
- Demian. Die Geschichte von E. Sinclairs Jugend
- Der Steppenwolf. Roman
- Frühe Prosa
- Gedenkblätter. Ein Erinnerungsbuch. Erweiterte Ausgabe zum 85. Geburtstag des Dichters
- Narziß und Goldmund
- Prosa aus dem Nachlaß
- Siddhartha. Eine indische Dichtung
- Traumfährte. Erzählungen und Märchen

Hermann Hesse Lesebücher. Zusammengestellt von Volker Michels

- Jeden Anfang wohnt ein Zauber inne. Lebensstufen
- Eigensinn macht Spaß. Individuation und Anpassung
- Wer lieben kann, ist glücklich. Über die Liebe
- Die Hölle ist überwindbar. Krisis und Wandlung
- Das Stumme spricht. Herkunft und Heimat. Natur und Kunst
- Die Einheit hinter den Gegensätzen. Religionen und Mythen

14/1/1.87

Hermann Hesse
im Suhrkamp Verlag und
im Insel Verlag

Einzelausgaben:

– Aus Indien. Erinnerungen, Erzählungen, Tagebuchaufzeichnungen. Herausgegeben von Volker Michels. st 562
– Aus Kinderzeiten. Gesammelte Erzählungen. Band I 1900-1905. st. 347
– Ausgewählte Briefe. Zusammengestellt von Hermann Hesse und Ninon Hesse. st 211
– Bericht aus Normalien. Humoristische Erzählungen, Gedichte und Dokumente. Herausgegeben von Volker Michels. st 1308
– Berthold. Erzählung. st 1198
– Briefe an Freunde. Rundbriefe 1946-1962. Zusammengestellt von Volker Michels. st 380
– Briefwechsel:
– – Hermann Hesse – Rudolf Jakob Humm. Briefwechsel. Herausgegeben von Ursula und Volker Michels. Leinen
– – Hermann Hesse – Thomas Mann. Briefwechsel. Herausgegeben von Anni Carlsson. Leinen und BS 441
– – Hermann Hesse – Peter Suhrkamp. Briefwechsel 1945-1959. Herausgegeben von Siegfried Unseld. Leinen
– Casanovas Bekehrung. Erzählung. st 1196
– Dank an Goethe. Betrachtungen, Rezensionen, Briefe. Mit Abbildungen. it 129
– Das Glasperlenspiel. st 79
– Demian. Die Geschichte von E. Sinclairs Jugend. BS 95 und st 206
– Der Europäer. Gesammelte Erzählungen Band 3. st. 384
– Der Lateinschüler. Erzählung. st 1193
– Der Steppenwolf. Roman. BS 226 und st 175
– – Illustriert von Gunter Böhmer. 1981. 1000 numerierte Exempl. in Leinen. 200 numerierte und vom Illustrator signierte Exemplare in Leder.
– Der verbrannte Ehemann oder Anton Schievelbeyn's ohnfreywillige Reisse. Handgeschrieben und illustriert von Peter Weiss. it 260
– Der vierte Lebenslauf Josef Kenchts. Mit einem Essy von Theodore Ziolkowski. st. 1261
– Der Weltverbesserer. Erzählung. st 1197
– Der Zwerg. Ein Märchen. Mit Illustrationen von Rolf Köhler. it 636
– Die Erzählungen. SA. Leinen 2 Bde. in Kassette
– Die Gedichte 1892-1962. Herausgegeben von Volker Michels. 2 Bde. st 381

14/2/1.87

Hermann Hesse
im Suhrkamp Verlag und
im Insel Verlag

- Die Heimkehr. Erzählung. st 1201
- Die Kunst des Müßiggangs. Kurze Prosa aus dem Nachlaß. Herausgegeben und mit einem Nachwort von Volker Michels. st 100
- Die Märchen. st 291
- Die Morgenlandfahrt. Erzählung. BS 1 und st 750
- Die Nürnberger Reise. st 227
- Die späten Gedichte. IB 803
- Die Stadt. Ein Märchen. Ins Bild gebracht von Walter Schmögner. it 236
- Die Verlobung. Gesammelte Erzählungen Band 2. st 368
- Die Welt der Bücher. Betrachtungen und Aufsätze zur Literatur. Zusammengestellt von Volker Michels. st 415
- Eigensinn. Autobiographische Schriften. Auswahl und Nachwort Siegfried Unseld. BS 353
- Eine Literaturgeschichte in Rezensionen und Aufsätzen. Herausgegeben von Volker Michels. st 252
- Emil Kolb. Erzählung. st 1202
- Freunde. Erzählung. st 1284
- Gedenkblätter. Erinnerungen an Zeitgenossen. st 963
- Gertrud. Roman. st 890
- Geschichten aus dem Mittelalter. Herausgegeben von Hermann Hesse. it 161
- Glück. Späte Prosa. Betrachtungen. BS 344
- Hermann Lauscher. Illustriert von Gunter Böhmer. it 206
- Heumond. Erzählung. st 1194
- Hölderlin. Dokumente seines Lebens. Herausgegeben von Hermann Hesse. it 221
- Innen und Außen. Gesammelte Erzählungen Band 4. st 413
- Iris. Ausgewählte Märchen. BS 369
- Italien. Schilderungen, Tagebücher, Gedichte, Aufsätze, Buchbesprechungen und Erzählungen. st 689.
- Karl Eugen Eiselein. Erzählung. st 1192
- Kinderseele. Erzählung. st 1203
- Kindheit des Zauberers. Ein autobiographisches Märchen. Handgeschrieben, illustriert und mit einer Nachbemerkung versehen von Peter Weiss. it 67
- Kindheit und Jugend vor Neunzehnhundert. Hermann Hesse in Briefen und Lebenszeugnissen 1877-1895. Herausgegeben von Ninon Hesse. Leinen und st 1002

14/3/1.87

Hermann Hesse
im Suhrkamp Verlag und
im Insel Verlag

- Kindheit und Jugend vor Neunzehnhundert. Zweiter Band. Hermann Hesse in Briefen und Lebenszeugnissen 1895-1900. Herausgegeben von Volker Michels. Leinen
- Klein und Wagner. st 116
- Kleine Freuden. Kurze Prosa aus dem Nachlaß. Herausgegeben von Volker Michels. st 360
- Klingsors letzter Sommer. Erzählungen. Mit einem farbigen Frontispiz. BS 608
- Knulp. Drei Geschichten aus dem Leben Knulps. BS 75
- Knulp. Drei Geschichten aus dem Leben Knulps. Mit dem unveröffentlichten Fragment ›Knulps Ende‹. Mit Steinzeichnungen von Karl Walser. it 394
- Krisis. Ein Stück Tagebuch. BS 747
- Kurgast. Aufzeichnungen von einer Badener Kur. st 383
- Ladidel. Erzählung. st 1200
- Legenden. Zusammengestellt von Volker Michels. st 909
- Lektüre für Minuten. Auswahl Volker Michels. st 7
- Lektüre für Minuten 2. Neue Folge. st 240
- Magie der Farben. Aquarelle aus dem Tessin mit Betrachtungen und Gedichten. it 482
- Magie des Buches. Betrachtungen. BS 542
- Mein Glaube. Eine Dokumentation: Betrachtungen, Briefe, Rezensionen und Gedichte. Herausgegeben von Siegfried Unseld. BS 300
- Morgenländische Erzählungen. Herausgegeben von Hermann Hesse. it 409
- Musik. Betrachtungen, Gedichte, Rezensionen und Briefe. Mit einem Essay von Hermann Kassack. BS 483 und st 1217
- Narziß und Goldmund. BS 65 und st 274
- Peter Camenzind. Erzählung. st 161
- Piktors Verwandlungen. Ein Liebesmärchen. Vom Autor handgeschrieben und illustriert. Faksimiledruck der Originalhandschrift. Limitierte Auflage. 1000 Exemplare in Leinen und it 122
- Politik des Gewissens. Politische Schriften 1914-1962. Herausgegeben von Volker Michels. Mit einem Vorwort von Robert Jungk. 2 Bde. Leinen und st 656
- Roßhalde. Roman. st 312
- Schmetterlinge. Betrachtungen, Erzählungen, Gedichte. Zusammengestellt und mit einem Nachwort von Volker Michels. it 385
- Schriften zur Literatur. 2 Bände. Leinenkasch.

14/4/1.87

Hermann Hesse
im Suhrkamp Verlag und
im Insel Verlag

– Siddhartha. Eine indische Dichtung. BS 227 und st 182
– Sinclairs Notizbuch. Mit vier farbig reproduzierten aquarellierten Federzeichnungen des Verfassers. BS 839
– Stufen. Ausgewählte Gedichte. BS 342
– Stunden im Garten. Zwei Idyllen. Mit teils farbigen Zeichnungen von Gunter Böhmer. IB 999
– Tractat vom Steppenwolf. es 84
– Unterm Rad. Erzählung. st 52 und BS 776
– Von Wesen und Herkunft des Glasperlenspiels. Die vier Fassungen der Einleitung zum Glasperlenspiel. Herausgegeben und mit einem Essay von Volker Michels. st 382
– Walter Kömpff. Erzählung. st 1199
– Wanderung. BS 444

Hermann Hesse. Vierundvierzig Aquarelle in Originalgröße. Ausgewählt von Bruno Hesse und Sandor Kuthy. Limitierte Auflage in 500 Exemplaren in einer Schmuckkassette.

Mit Hermann Hesse durch das Jahr. Mit Reproduktionen von 13 aquarellierten Federzeichnungen von Hermann Hesse.

Materialien zu Hesses Werk. Herausgegeben von Volker Michels:
– Zu ›Glasperlenspiel‹ Band I. ›Das Glasperlenspiel‹. st 80
  Band 2. Texte über das Glasperlenspiel. st 108
– zu ›Demian‹. Band 1. st 166
  Band 2. Texte über den ›Demian‹. st 316
– zu ›Siddhartha‹ Band 1. stm. st 2048
  Band 2. Texte über Siddhartha. stm. st 2049
– zu ›Der Steppenwolf‹. st 53

Hermann Hesse. Rezeption 1978-1983. Herausgegeben von Volker Michels. stm. st 2045
– Über Hermann Hesse. Herausgegeben von Volker Michels. Bd. 1. st 331. Bd. 2. st 332

Hermann Hesse. Sein Leben in Bildern und Texten. Herausgegeben von Volker Michels. Gestalt von Willy Fleckhaus. Mit Anmerkungen, Namenregister, Zitat- und Bildnachweis. Vorwort von Hans Mayer. Leinen

Hermann Hesse – Eine Chronik in Bildern. Bearbeitet und mit einer Einführung von Bernhard Zeller. Mit 334 teilweise großformatigen Bildern. Leinen

Hermann Hesse – Leben und Werk im Bild. Herausgegeben von Volker Michels. it 36

14/5/1.87

Hermann Hesse
im Suhrkamp Verlag und
im Insel Verlag

Hermann Hesse – Werk- und Wirkungsgeschichte. Von Siegfried Unseld. Revidierte Fassung. st 1257

Hermann Hesses weltweite Wirkung. Internationale Rezeptionsgeschichte. Herausgegeben von Martin Pfeifer. Band 1. st 386. Band 2. st 506.

Schallplatten:

– Hermann Hesse – Sprechplatte. Langspielplatte
– Hermann Hesse liest »Über das Alter«. Langspiel-Sprechplatte. Zusammengestellt von Volker Michels.

14/6/1.87

2/1/8.86

2/2/8.86

2/3/8.86

2/4/8.86

2/5/8.86

2/6/8.86

2/7/8.86